Les petites marionnettes

Claire Gruel

Les petites marionnettes

Copyright © 2023, Claire Gruel

Edition : BoD – Books on Demand, info@bod.fr

Impression : BoD – Books on Demand, In de Tarpen 42, Norderstedt (Allemagne)

Impression à la demande

ISBN : 978-2-3221-4291-0

Dépôt légal : Janvier 2024

Illustration : Héloïse Fleury

Pour mes grands-mères

PROLOGUE

Un mois après le drame

Juin 2022

– Je leur avais pourtant dit à la police… Sans les médicaments et l'insuline, il lui reste une semaine à vivre, guère plus. Et personne ne s'inquiétera de son sort. Mais ils n'ont pas voulu me croire, ils se sont même foutus de moi, alors voyez…
– C'est fou quand on y pense… De la part de cette dame-là, ça m'étonne quand même… On aura beau dire ce qu'on veut… Elle avait quand même l'air d'une dame bien mise.
– Et moi qui pensais qu'elle menait une vie bien popote ! Eh bien, elle ne manque pas d'air !
– Bof… Ça ou autre chose… Ça ne m'étonne guère, quand on voit ce qu'ils disent sur BFL télé…
– Il ne faut pas juger la peau de l'ours avant de l'avoir tué.
– Quoi ? Mais qu'est-ce que vous racontez, vous ?
– Quand on a su ça maman et moi, euh, ma femme et moi, on ne voulait pas y croire dis donc ! Vous savez, nous, on est bien avec tout le monde, on ne veut pas d'histoires.
– Oh oui… On aime bien tout le monde, nous…
– Comment pouvez-vous dire ça ? C'est une criminelle ! Je savais bien qu'elle ne tournait pas rond, je n'ai jamais pu la sentir de toute façon ! Avec ces grands airs là…
– Qui est cette criminelle ? Et qui êtes-vous déjà ?

I

1

« Vous devriez écrire chaque soir les émotions ressenties lors de votre journée pour extérioriser, ça vous permettrait de lâcher un peu… » Voilà ce que M.Galgo m'a dit lors de ma première séance de psychanalyse il y a un an.

Je me souviens, il avait effectué de grands gestes comme s'il cherchait à balayer une quelconque crasse invisible dans l'air et avait bruyamment expiré après l'énonciation du mot « lâcher ». On aurait dit un professeur de yoga exagérant ses respirations devant ses élèves. Il en faisait des caisses.

Écrire un journal, quelle drôle d'idée ! En un sens, lorsque je me trouvais devant ce psy, je n'arrivais pas à aligner trois mots. Il faut dire que cette façon qu'il avait de gribouiller dans son carnet en maugréant quelques *mmmm mmmm, ahin ahin* ne m'aidait pas vraiment. Sans doute avait-il oublié que je travaillais avec les personnes âgées. Je sais ce que les *mmm mmm* et autres *ahin ahin* veulent dire. Je sais que cela signifie : *tu me pompes l'air*. Je sais que ça exprime bien cordialement : *démerde-toi tout seul, je ne veux plus t'entendre.*

Non seulement M.Galgo n'écoutait que très distraitement mes problèmes, mais en plus, il haussait parfois les sourcils lorsque je les exprimais. Ça me donnait l'impression de tenir les propos d'une folle à lier et j'arrivais encore moins à parler. Lui, par contre, ne se privait pas. Mon empathie est telle que mon propre psychologue se confiait à moi lors de séances qui auraient dû être consacrées à *mes* problèmes. Comme ma coiffeuse, mon esthéticienne, mon ostéopathe, mon médecin généraliste, l'épicier du coin, le buraliste, le cuistot libanais, et à peu près toutes les personnes âgées avec qui je travaille. Tous s'en donnent à cœur joie dès lors qu'ils captent mon regard. C'est comme s'il était écrit au fond de mes iris : *sentez-*

vous libre de me déverser toute votre merde, je suis là pour ça.

Mardi dernier, j'ai imaginé l'inviter à boire un verre car l'échange ressemblait davantage à une conversation amicale qu'à une séance de psychanalyse. Mais il ne me paye pas et au prix de la consultation, il pourrait au moins avoir la décence de ne pas tout ramener à lui. Bien sûr, je n'ai rien dit, comme d'habitude.

Autant dire que la thérapie n'avançait pas beaucoup alors j'ai suivi son conseil. J'ai écrit chaque jour ou presque, le déroulé de mes journées. Je me suis amusée à les retranscrire dans un carnet comme si je m'attelais à un exercice d'écriture. Mis bout à bout, mes récits constitueraient presque un recueil de nouvelles, recueil que je pourrais nommer : *portraits de personnes âgées et de leur aide à domicile blasée.*

J'ai pensé qu'au pire des cas, si sa méthode ne fonctionnait pas, si ces exercices d'écriture ne réglaient pas tous mes tracas, ça me ferait toujours de beaux souvenirs. Mais après ce que j'ai fait, après les horreurs que j'ai commises, tu parles de beaux souvenirs.

Je me demande comment j'en suis arrivée là. À quel moment mon cerveau a vrillé, à quel moment la transformation s'est opérée, à quel moment un doberman haineux et déchaîné s'est substitué au petit clebs bien dressé.

Je vais sélectionner plusieurs extraits de mon carnet pour lui montrer. Peut-être que s'il parvient à mesurer les difficultés de mon métier, cela pèsera dans le jugement. Ou peut-être me jugera-t-il cinglée, bonne pour l'HP.

C'est con, ça avait pourtant bien commencé.

2

Lettre à joindre aux extraits de mon journal

Objet : extraits de mon journal

Le 5 mai 2022

        Monsieur,

    Comme convenu, veuillez trouver ci-joint quelques extraits de mon journal. Je vous épargne tous mes textes. J'ai volontairement sélectionné les récits de mes journées qui m'ont le plus marquée. Je vous rapporte essentiellement les interventions chez les personnes âgées m'ayant donné du fil à retordre. J'ai besoin que vous compreniez mes actes.

    Ces récits ont été écrits chaque soir en rentrant du boulot. Les émotions et sentiments vécus sont décrits sans recul, à chaud. En espérant, que cela vous permette de mieux comprendre l'évolution de mes émotions au fil des mois et que cela pèse dans votre analyse de la situation.

    Avec tout mon respect,

    Bien cordialement,

                                             Bérangère

1 an avant le drame

Journal de Bérangère - 2 mai 2021

« Vous avez déjà fait des toilettes ? » m'a demandé Marie-Christine, la cheffe des aides à domicile de Saint-Pierre-de-Rotouilly-les-Bains.

Je n'avais jamais fait de toilettes.

« On vous mettra en doublon avec Josiane la première fois, elle vous montrera, elle est habituée, ça fait 40 ans qu'elle est du métier. Vous verrez, ce n'est pas compliqué. »

À peine l'entretien commencé, j'étais embauchée. Je remplissais tous les critères nécessaires à l'exercice de ce métier. Oui, j'avais le permis de conduire, oui, je savais préparer de la soupe, oui oui, j'étais au courant que l'on commençait à laver un carrelage dans le coin d'une pièce, que l'on finissait près de la porte pour éviter de marcher sur le carrelage mouillé. C'était plié.

Marie-Christine me tendit mon téléphone professionnel ainsi qu'une gigantesque pile de prospectus. « Et voilà un peu de lecture ! » La montagne de papiers contenait un descriptif des pictogrammes de produits ménagers, des recettes de soupes et de plats équilibrés, des gestes et postures ergonomiques à adopter au travail, un numéro vert de soutien psychologique ainsi qu'une note interdisant formellement de boire de l'alcool sur son temps de travail. Marie-Christine a dit être obligée de me la donner mais, évidemment, ça allait de soi, il ne fallait pas picoler la journée.

Évidemment, ai-je pensé en pliant les papiers.

Je m'étais rendue dans cette agence sans conviction, pour

savoir s'ils embauchaient en ce moment, pour connaître les horaires, les conditions de travail, les tâches à effectuer, j'y étais entrée pour obtenir des renseignements, je suis repartie avec une boîte de gants. « Bienvenue parmi nous ! » s'est réjouie Marie-Christine en me tendant sa paume.

3 mai 2021

Joseph et Mauricette

« Voyons, voyons, est-ce que ça vieillira bien ? »
Mauricette me regardait droit dans les yeux. Je me suis demandé de quoi elle parlait.
« Est-ce que je vais bien vieillir ?
– Elle m'en pose des questions… Je n'en sais rien… Je ne suis pas devin ! » Les mains postées sur les hanches, sa voix frêle ressemblait à celle d'une fillette.
En fait de vieillissement, c'est de mon prénom dont elle parlait. *Bérangère*. Elle m'observait d'un air perplexe tandis que je glissais avec difficulté sa chaussette de contention sur sa jambe enflée. Puis, m'exposa sa théorie : Bérangère, ce n'était pas comme Nathalie, Véronique ou Philippe, qui n'étaient rien d'autre que les Odette, Yvette, et André de demain. Papy Phiphi et mémé Véro c'était comme mémé Vévette ou pépé Dédé, ça sonnait bien, ça sonnait vrai, il y avait quelque chose. Mais Bérangère… Difficile à dire.
« Vous voyez bien ce que je veux dire ?
– Mmm, levez un peu le pied si vous pouvez… »
Et Mauricette de continuer « Remarquez, ce n'est pas pire que les nouveaux prénoms d'aujourd'hui. Faut voir ce qu'on nous invente… Ça va donner des trucs bizarres… Vous vous

voyez donner son dentier à papy Steven ou sa canne à mamie Jennifer ? » J'ai dit que ça ne me semblait pas pire que de donner son bain à bébé Germaine ou que de donner le sein à bébé Jean-Pierre, et, avec un dodelinement de la tête qui signifiait que je n'avais pas tort, elle finit par lâcher un « Balle au centre » tandis que je tapotais son mollet, fière d'avoir enfilé son bas sans jurer.

« Est-ce qu'elle prendra un café ? » Oui, elle n'était pas contre un petit café, pensais-je en me demandant pourquoi elle s'adressait à moi à la troisième personne du singulier.

« Il nous amène la cafetière et les madeleines mon Jojo ?
– Tout de suite maman ! » répondit Jojo, son mari.

Mauricette avala une gorgée de café dilué et son regard s'illumina lorsqu'elle posa sa tasse sur la toile cirée fleurie.

« Les Marie, dit Mauricette, les Marie, ça va bien aux bébés et aux personnes âgées. Il faut privilégier les intemporels. Oui, c'est ça, les intemporels. Les Marie. »

Elle trempa sa madeleine dans sa tasse, la porta à sa bouche, et je me demande encore comment un si petit corps est capable d'autant de bruit.

« On va jouer au ping-pong avant le souper mon Jojo ? » cria-t-elle avant d'ajouter « Mine de rien, ça nous fait prendre des petites suées quand même ! » Sur ces belles paroles, mon téléphone professionnel sonna, il était déjà l'heure de partir pour l'intervention suivante.

Jacques

J'ai demandé à Jacques ce que je pouvais faire pour lui, il m'a tendu son trousseau de clés et je suis allée récupérer son courrier.

« Et maintenant ? » j'ai demandé. C'est bon, il a dit « Vous en avez assez fait... Venez donc vous asseoir un peu... »

Il tapota sur le dossier d'une chaise et pinça ses doigts déformés par l'arthrose pour attraper son courrier sur la table.

« De qui ça peut bien venir ? »

Il approcha l'enveloppe de ses yeux, l'éloigna, la rapprocha, la caressa. Arqua un sourcil.

« Je n'attends pourtant pas ce genre d'enveloppe ! »

Tourna l'enveloppe à nouveau, la retourna, la secoua, la renifla. Posa son poing sur sa taille.

« Alors là, je ne comprends pas ! »

J'ai arraché l'enveloppe de ses mains, je l'ai décachetée et j'ai lu : *bonjour Monsieur le Maire, je suis enfermée dans ma maison, pouvez-vous venir me libérer ? Amicalement. Georgette Delatenêtre.*

J'ai arboré un air étonné et Jacques a jeté ses lunettes cul de bouteille sur la table basse. « Cette brave Georgette… C'est la doyenne du village… La pauvre perd… » Il tourna son index autour de sa tempe et ajouta « Alzheimer » en affichant une grimace désolée.

Il me parla alors de Georgette en long en large et en travers, et lorsqu'il eut terminé, il s'aperçut qu'il avait encore envie de parler et me demanda quelles personnes j'allais aller aider dans le cadre de mon métier. Je lui ai donné quelques noms.

Alain et Annick. « Ouhlà ! Annick est une dure à cuire, elle n'est pas facile et son mari est un incorrigible dragueur. » Il haussa les épaules : ceci expliquait peut-être cela. « Je crois qu'elle voulait faire autre chose de sa vie et ça l'a rendue aigrie. C'était pourtant une championne de l'organisation. Elle a bien contrôlé les budgets de la commune dans le temps. La pauvre pensait qu'on pouvait contrôler sa vie comme on gérait des finances… »

Jocelyne. « Une vraie pipelette, toujours un tricot à la main, tactile plus qu'il n'en faut. »

Daniel. « Angoissé incurable. »

Huguette. « Forte sur la picole. Elle ne boit que du cidre.

Jamais d'eau depuis que sa mère est morte en buvant l'eau du puits infectée. La pauvre n'avait pas vu le poulet mort qui flottait à l'intérieur. »

Mauricette et Joseph. « Drôle de bonne femme. Elle a de nombreuses théories la Mauricette. Mais son bonhomme est sympa comme tout ! Toujours dans son potager à chanter du Eddy Mitchell. *La fille aux yeux menthe à l'eau* en buttant les poireaux. *Pas de Boogie-woogie* en sarclant les céleris. Un couple comme on n'en voit plus beaucoup. »

Josette. « Connais pas bien. Reste dans son coin. »

Lucien. « Connais encore moins. Reste encore plus dans son coin. Un vrai misanthrope. Faut pas venir s'y frotter à mon avis... »

Et il aurait pu continuer longtemps ainsi.

Jacques connaît tous les anciens de cette commune car il en a été le maire autrefois. Il détient nombre d'anecdotes, car pour reprendre ses paroles « il adore causer » et alpague lors de sa marche quotidienne les passants de plus de 60 ans en leur demandant ce qu'ils pensent de tous ces nouveaux lotissements. Il les aborde grâce au sempiternel *Rah ça se construit hein* ! « Il suffit d'un rien et hop voilà la conversation lancée... » a dit Jacques. Pour presque tous les anciens que je lui citais, il pouvait me citer leurs âges, leurs années de naissances, leurs anciennes professions, la réputation de leurs familles. Je lui ai dit de ne pas trop me spoiler. Il n'a pas compris. Je lui ai dit de ne pas tout me dévoiler. Il m'a proposé un café.

Lorsqu'il a attrapé la bouilloire et le café soluble, son regard s'est illuminé. « Avec le club du troisième âge, nous irons délivrer Georgette chaque mercredi après-midi et nous l'emmènerons au club ! Et pour ses 100 ans, nous lui organiserons une grande fête surprise qu'elle sera immédiatement prête à oublier ! »

Il eut du mal à se remettre de sa blague.

Tous les détails importants semblaient déjà réglés dans son esprit : le club du troisième âge organisera un grand banquet à Saint-Pierre-de-Rotouilly-les-Bains en l'honneur de Georgette, ça se passera près du lac, il y aura beaucoup de Loupiac.

Je pourrais raconter toute ma journée mais ce sont les deux exemples qui m'ont particulièrement frappée. Les tâches ne sont pas bien compliquées à exécuter. Un peu de vaisselle par-ci, un petit coup de balai par-là, quelques bricoles à acheter au supermarché, quelques bigoudis à poser, des situations franchement cocasses... Je trouve ce métier sympa ! Le matin, je lève, je lave, je shampouine, je coiffe, j'habille. Le soir, je change, je donne à manger, je couche, je borde, je souhaite de beaux rêves. Entre deux, je fais du ménage, je fais des courses, je suis taxi puis je suis psy. J'ai l'impression de jouer à la poupée. Et puis, j'écoute des tas d'histoires en mangeant des tonnes de madeleines. Ce n'est pas violent. Je crois que j'ai enfin trouvé ma planque.

3

8 mois avant le drame

Journal de Bérangère - 6 septembre 2021

Toujours la même vaisselle. Toujours les mêmes têtes à coiffer. Toujours les mêmes madeleines. Et toujours les mêmes histoires.

J'ai peur de l'accueil qu'ils me réservent. Je sais comment ils sont, je les connais. Ils voudront savoir. Ils ont voulu savoir. Je les entends d'ici. *Et qu'est-ce qu'elle a ? Est-elle malade ? Machin m'a dit que Bidule m'avait dit que Truc lui avait dit que...* Je connais la musique. Deux mois d'arrêt, ça ne pardonne pas.

Ma dépression a débuté le lendemain d'un jour ordinaire. Un jour où j'ai appelé Madame Lubre, Madame Lubre. Elle m'a repris. Elle s'appelait Odette, je devais donc l'appeler Odette. *Pas de chichi entre nous, voyons.* L'intervention suivante, j'ai appelé Maryvonne, Maryvonne. Madame Prouet, répétait-elle, je vous en prie, appelez-moi Madame Prouet. *Nous n'avons pas gardé les vaches ensemble, si ?* Bon.

L'intervention suivante, Jocelyne m'a demandé de lui frotter le dos de façon plus hygiénique, et de se reprendre : *de façon plus énergique*. Lorsque j'ai lavé Huguette, celle-ci m'a traitée de « bourrine ». Il fallait frotter doucement. Et de justifier sa requête par un argument intéressant : elle n'était quand même pas sale, sa dernière douche datait d'il y a cinq jours à peine.

Ensuite, René m'a reproché de border les draps de son lit.

Comment ferait-il ce soir pour se glisser dans son lit ? L'heure suivante, Josette m'observait pendant la réfection. À quatre épingles, répétait-elle, et surtout, *surtout,* des bords à angles droits.

Quand je suis ensuite allée au supermarché pour Jacques et que j'ai réalisé qu'il n'y avait plus de confiture de rhubarbe Bonne Maman, j'ai remplacé ladite marque par une autre. Lorsque Jacques a vu le pot, j'ai cru qu'il allait pleurer. Chez le poissonnier, il n'y avait plus de rouget barbet, et comme je ne savais pas lequel de ses cousins acheter, je n'ai rien pris, de peur de me tromper. « Bon sang ! Il fallait prendre un autre poisson ! » s'était plainte, Jocelyne. « Du merlu par exemple, c'est bon le merlu… »

En début d'après-midi, j'ai utilisé trop d'eau pour laver la vaisselle. Annick a soulevé que nous ne faisions vraiment pas la vaisselle de la même façon, l'air réprobateur. J'ai économisé l'eau de vaisselle chez Josette, mais celle-ci désirait une vaisselle nettoyée, que dis-je, récurée, avec une eau bien nette.

Oui, ce fut une journée somme toute ordinaire, une nouvelle journée qui allait me rendre cinglée plus que je ne le suis déjà. Mais si seulement c'en était resté là… Je repassais tranquillement les chemises de nuit de Mme Lubre tandis qu'elle me parlait météo. Un vrai moulin à paroles. Lorsque j'ai réussi à en placer une, j'ai dit qu'ils allaient nous mettre de la pluie, mais qu'il ne fallait pas tout prendre au pied de la lettre, car à la météo, y se trompent souvent.

Ils vont nous mettre de la pluie.

Y se trompent souvent.

Lorsque j'ai réalisé mes propos, le choc fut tel que j'ai laissé le fer à repasser sur le chemisier et le col a cramé. Je n'ai rien dit, je l'ai plié. Madame Lubre a ensuite éteint la télévision me privant de l'émission où une animatrice questionne des gens sur leurs histoires de vie peu communes. La plupart des anciens raffolent de ce genre de faits divers et, même si j'ose difficilement l'avouer, moi aussi. À la fin de l'intervention, je me suis dit qu'avec un peu de chance, en dépassant les limitations de vitesse, je louperais juste la publicité et pourrais continuer à suivre l'émission chez Monsieur Galopin en étendant son linge.

J'ai roulé vite sur la départementale. Trop vite. Jusqu'à ce qu'un policier m'arrête et se fiche de la justification officieuse de mon excès de vitesse. « Je travaille avec des personnes âgées, je dois être à l'heure pour emmener Mr Roi sur les toilettes, il est réglé comme une horloge suisse… » J'aurais pu donner la vraie raison. *Je veux connaître le fin mot de l'histoire sur cette fille de douze ans en cloque violée par son père.* Ça n'aurait rien changé. J'aurais pris 135 € d'amende et trois points en moins. Et peut-être un « pauvre fille » illustré par un haussement de sourcils.

Lorsque je suis rentrée chez moi, j'ai voulu ajouter à ma collection, mes vignettes de la journée après trois allers-retours au supermarché pour les personnes âgées. Trois mois que je collectionne des points pour gagner une literie neuve. Au prix du linge et avec toutes les courses que je fais ça vaut le coup. Disparues. Évaporées, Dieu sait où. J'ai fouillé partout, jusqu'à me visualiser en faire une pluie de confettis trois jours auparavant après avoir descendu une demi-bouteille de Martini. J'étais censé avoir arrêté. Le médecin me l'avait d'ailleurs demandé. « Avec ce que vous avez, c'est très déconseillé. » Mais la bouteille m'avait regardée, la bouteille m'avait appelée et j'avais cédé après une dure journée.

Le lendemain, je me suis rendue chez Lucien. J'ai frappé à la porte d'entrée, et comme il ne répondait pas, j'ai fait le tour du jardin et suis entrée par la véranda. Je l'ai trouvé dans son salon, assis dans son vieux fauteuil en rotin, le regard vide, la bouche pendant un peu sur le côté. J'ai couru près de lui et sans bouger d'un iota, il a murmuré « Fa va, laifez moi. » J'ai attrapé sa gigantesque main et me suis agenouillée à ses côtés. J'ai farfouillé la poche de mon jean, quand soudain, et sans doute au prix d'un effort incroyable, il a protesté « Non, surtout pas ! » avant d'ajouter « Je voudrais tomber raide mort. »

Au départ, j'ai pensé qu'il faisait peut-être un AVC, mais à la diction de cette phrase, j'ai compris. Ses yeux jusqu'alors vides m'imploraient. *S'il vous plaît, laissez-moi mourir.* Je me souviens déglutir bruyamment et réfléchir très vite. *Bon sang qu'est-ce que je fais, le pauvre vieux, il n'en peut plus, laisse-le, mourir. Non-assistance à personne en danger, veux-tu vraiment avoir ça en plus sur ta conscience ?*

J'ai composé le 15 et il a imploré « Non ! Laissez-moi retrouver ma Ginette… » Ses joues étaient toutes mouillées. Les soignants sont arrivés dix minutes plus tard et un homme, avec le timbre de voix irritant de celui qui prend sa mission trop à cœur a dit « On l'emmène. » Ils l'ont déposé sur un brancard et j'ai erré dans le salon une dizaine de minutes avant de consulter mon téléphone professionnel pour prévenir la fille du vieil homme. J'espérais tomber sur son répondeur car j'étais effrayée à l'idée d'entendre des pleurs, de ressentir sa tristesse à l'autre bout du fil. Mais j'entends encore résonner ses paroles dans ma tête. *« Vous devez confondre… Vous devez parler de ma mère, car mon père est déjà mort. Elle s'est loupée alors ? Oh, ce devait être un appel à l'aide. Elle doit chercher à attirer l'attention comme d'habitude. Quand on veut vraiment se suicider, on y arrive. »*

J'ai regardé l'écran de mon téléphone et me suis aperçue que je m'étais trompée de numéro. J'avais consulté la fiche de renseignements et les numéros à appeler en cas d'urgence d'une autre personne âgée. J'ai raccroché et j'ai composé le bon numéro.

En attendant que sa fille réponde, je me suis baladée dans son salon et j'ai aperçu un répertoire téléphonique posé sur le buffet. Étant donné son vieil âge, le carnet aurait dû être gribouillé, rempli d'innombrables noms, certains dont il ne se serait même pas souvenu d'avoir connu. Mais seuls deux numéros étaient inscrits. Gladys et Ginette. Je me suis demandé si j'allais moi aussi vieillir avec les uniques numéros d'Alice et de mes employeurs sur un carnet, ces derniers rayés, les uns après les autres pour laisser place aux suivants.

Sa fille, la vraie cette fois, a enfin décroché. Elle s'appelait Gladys et sa réaction semblait appropriée. Elle pleurait, elle arrivait tout de suite.

J'ai rejoint ma voiture, si perturbée par la tentative de suicide de ce vieillard et la cruauté de cette dame au téléphone, *quand on veut vraiment se suicider, on y arrive*, que lorsque j'ai reculé, je suis rentrée dans l'Audi garée derrière ma Clio et le conducteur est venu crier un ramassis de conneries devant ma fenêtre. Je me suis confondue en excuses, mais plus je bredouillais, plus il criait, plus je m'excusais, plus il s'énervait. Pendant que je me mouchais et que je pleurais, l'enragé a rempli les deux parties du constat, et je suis désormais harcelée par mon assurance.

Puis j'ai continué ma route, le cerveau débranché avant de me faire arrêter. Encore. Le même policier qui m'avait arrêtée pour excès de vitesse m'a indiqué que les vieux réglés comme des horloges suisses n'étaient pas une raison pour prendre les ronds-points à l'envers. Et il m'a retiré mon permis. Un an de suspension.

Je crois que j'ai poussé une sorte de couinement aigu. Je suis sûre que j'ai fondu en larmes.

Le lendemain matin, mon corps était scotché au matelas. Dépourvue d'énergie, j'ai pu me lever trois jours plus tard, peut-être quatre, pour me rendre à la pharmacie.

Et quelle sortie…

« Je peux vous renseigner Madame ? » a demandé la pharmacienne dont le badge indiquait qu'elle s'appelait

Marie-Emmanuelle. J'ai étouffé un sanglot, j'ai répondu d'inaudibles paroles et peut-être est-ce une déformation de mes souvenirs, peut-être est-ce une feinte de mon esprit, mais je jurerais avoir vu Marie-Emmanuelle se frotter les paumes, un demi-sourire sur les lèvres. Ce dont je suis sûre en revanche, c'est que Marie-Emmanuelle a profité de ma détresse pour me vendre tout son stock de *Gelsenium 9 CH*, d'*Aconit 7 CH* et toutes ses tisanes bien-être et sérénité, à la passiflore, à la valériane, à la camomille. « Et ce qu'il vous faut surtout… » et elle a répété *surtout* en levant son index « C'est du magnésium. » Marie-Emmanuelle m'a alors souligné que les personnes angoissées consommaient beaucoup plus de magnésium que la moyenne, et que le magnésium contribuait au maintien d'un système nerveux équilibré, et qu'il ne fallait donc surtout pas hésiter à faire une petite cure à chaque changement de saison, que je pouvais même le combiner à de la vitamine B12 et à ce propos m'avait-elle indiqué les bienfaits de la vitamine B12 ? Et puis elle a ajouté des cachets à base de valériane aussi parce que c'est important de bien dormir, parce que le sommeil c'est le nerf de la guerre, parce que si vous dormez mal, que votre esprit est fatigué alors c'est votre corps tout entier qui est fatigué et je ne vous raconte pas les doses de magnésium nécessaires pour rattraper tout ça. Et lorsque j'ai tendu ma carte bancaire pour payer, Marie-Emmanuelle m'a fait remarquer la sécheresse cutanée de mes mains et m'a vendu une crème au miel de Manuka nourrissante et hydratante aussi diablement efficace que superbement chère que je n'avais pas demandée, mais que j'ai prise quand même – puisqu'elle me l'a fourrée entre mes mains jointes. J'ai ensuite pleuré dans ma voiture après avoir signé un chèque de 59,99 € à Marie-Emmanuelle. 59,99 € qui dégagent dans le tiroir de mon meuble de salle de bains avec des produits que je n'utiliserai jamais. 59,99 € et même pas d'échantillons gratuits en prime, et pourquoi pas d'échantillons gratuits ? Non pas parce que Marie-Emmanuelle a mal fait son boulot, non non, Marie-Emmanuelle m'a gentiment proposé des échantillons, n'hésitez pas, a-t-elle dit, c'est gratuit ! Et moi, comme une conne, moi et mon balai dans le cul, que même avec ses meilleurs lubrifiants, Marie-Emmanuelle ne saurait décoincer, avons répondu « Oh, ça ira, mais merci beaucoup, c'est gentil. »

4

Gladys

12 mai 2022

Cinq appels ? C'est Noël ? Qu'est-ce qui lui prend de m'appeler cinq fois ? Pour s'excuser ? N'importe quoi. Alors, c'est ça, il appelle cinq fois, et quand moi j'essaye d'appeler, il ne répond pas. C'est comme ça que ça marche, ok, je ne savais pas. Je ne sais pas si on arrivera un jour à se caler sur la même longueur d'onde lui et moi. Eh oui, mais papa, si tu ne me laisses pas de message, comment je fais, moi ? Il est peut-être tombé ? En même temps, la dernière fois, son orgueil l'a laissé une heure vingt au sol. On est sur une fierté familiale assez monstrueuse. Mais peut-être a-t-il vraiment besoin de moi cette fois ? Et si c'était grave ? S'il avait fait un AVC ou un infarctus ou une crise de tachycardie ou une fausse route ou une crise cardiaque ou une embolie pulmonaire ou une… Bon, je vais aller voir. Allez, Glad, remballe ton orgueil et va voir pôpa.

La porte est ouverte, bien sûr. Je lui ai dit de fermer à clé… « Papa ? Papa ? » Salle de bains… Non. Cuisine… Non plus. Toilettes… Personne. « Papa ? » Qu'est-ce qu'il m'énerve ! Chambre… Non plus. Potager ? Non pas le potager, je lui ai interdit d'y aller… Personne. Cave ? Personne. Interdit aussi, de toute façon. Où est sa canne ? Il la pose tout le temps ici. Il serait sorti ? Non, il ne sort jamais tout seul et je ne vois pas avec qui il serait sorti. Avec son aide-ménagère ? Non, on est vendredi et il est 15 heures, il n'y a pas d'intervention prévue le vendredi à 15 heures… À moins qu'ils aient encore modifié les horaires ? De toute façon avec cette boîte, il faut s'attendre à tout, ils changent de personnel et d'horaires tous les deux jours ! Je vais appeler quand même.

« Vous êtes sûre qu'il n'y a pas d'intervention programmée aujourd'hui ? Non ? Non, parce que je cherche mon père… Il a disparu oui… Je vais le retrouver ? Oui, eh bien, j'espère bien que je vais le retrouver… Bon… C'est ça, bonne journée à vous aussi. »

Où es-tu papa ? Je commence à flipper, moi… C'est quoi ça ? Journal de Lucien ? Qu'est-ce que c'est que ce truc ?

Journal de Lucien - 3 septembre 2021

Écrire. Et puis quoi encore ? Au prix où je paye ses séances, faudrait que ma plume fasse son job ? Et ça se dit psychologue ? Il y en a qui ne se mènent pas dur ! Écrire tout ce qui me passe par la tête. C'est ce qu'il m'a dit. Tu parles d'une affaire. Il ne se passe plus rien là-haut ! Quand ce n'est pas tout noir, c'est le vide complet…

Et l'autre-là qui me met la pression…

« J'espère que tu fais bien les exercices de ton psychologue papa. » Je t'en donnerais des exercices, Gladys !

« Et que je ne t'entende pas râler car c'est pour ton bien. »
Non, je regrette ma fille, c'est pour ton bien, *à toi*.

« C'est une thérapie ou l'EHPAD… »

Si je m'attendais à un truc pareil… Ça te ferait plaisir avoue Gladys ? Un poids en moins. Ce ne serait pas de trop hein ? Je voulais t'arranger les choses, je voulais débarrasser le plancher une bonne fois pour toutes, quitter ce bas monde de mon plein gré mais mon aide-ménagère en a décidé autrement. Je ne sais pas ce qu'elle n'a pas compris dans « Je voudrais tomber raide mort » Ça me semblait plutôt clair. Bon sang, c'était déjà bien assez compliqué de la supporter avant ça mais je ne peux plus la voir en peinture.

BON SANG JE NE PEUX PLUS VOIR SA GUEULE.

Maintenant je suis condamné à aller voir un foutu psy et à écrire.

J'ai plus la force de remettre ça. Le suicide. Je n'étais pas censé voir ça… La réaction de Gladys. Toutes ces larmes. Ces reproches. Une fois mais pas deux.

Reste plus qu'à attendre mon tour maintenant. Tu parles d'un purgatoire. Comment font les autres vieux ? Qu'ont-ils de plus dans leurs cerveaux pour supporter leurs calvaires ?

Satanée aide-ménagère. Je lui ferais bouffer ses yeux en trou de pine.

Journal de Lucien - 4 septembre 2021

« Imaginez que vous parlez à votre femme si vous ne savez pas quoi raconter… »

Il est mignon, lui. Il a de ces idées.

Ras-le-bol de rendre des comptes.

Il ne lit pas ce que j'écris. Il regarde rapidement si j'ai noirci assez de papiers à son goût. Enfin, il ne lit pas… De ce qu'il me dit. Va-t'en savoir…

Qu'est-ce que je peux bien raconter ? Faut pas que j'écrive n'importe quoi quand même parce que si je meurs et qu'on découvre mes écritures, qu'est-ce qu'on va penser de moi ? Enfin, qu'est-ce que ma fille va penser de moi vu que c'est la seule personne que je vois. Peut-être bien qu'il faudrait que je brûle ça au fur et à mesure ? Quoi qu'en un sens, si Gladys lisait mes papiers, peut-être bien qu'elle comprendrait pourquoi je suis comme ça. Ou peut-être bien que je devrais lui dire de mon vivant tout ce que je ressens.

Bon sang, j'aimerais tellement savoir ce que t'en penses, Ginette. Tu te souviens, il n'y a qu'avec toi que j'aimais converser. À ce propos, tu me le reprochais souvent. Ouvre-toi aux autres que tu me disais. Je ne serais peut-être pas toujours là, et alors comment tu feras ? Je disais que je serais parti avant toi. Eh bien, zéro, tout faux ! Comment je fais ? Eh bien, je ne fais pas ma pauvre. Tu serais déçue de moi.

Je marche pour ainsi dire quasiment plus. Je parle plus. J'entends plus. Et je bande plus. Alors, as-tu vu.

Je ne me vois pas parler tout seul. Parler tout haut, je veux dire. Les gens qui parlent tout haut sont insupportables. Je t'entends rire de là-haut ma Gigi. Je ne vais tout de même pas commencer à parler à ton portrait sur la table de chevet ? J'en suis pas là non plus.

Si seulement je pouvais t'envoyer une lettre et si seulement tu pouvais me répondre. Mais bon sang, ça se saurait s'il existait une destination ciel, anges, ou cimetière. Le postier est en train de clamser tout doucement, pauvre gars, il n'est pourtant pas si loin de la retraite. Je pourrais peut-être lui dire de faire la commission.

*

Qu'est-ce que tu fais papa ? Tu écris à maman ? Tu écris à maman alors qu'elle est morte ? Est-ce que je continue ? Non, ça ne se fait pas. Bon juste une page, et je lui téléphone en même temps comme ça, je ne perds pas de temps. Allez, réponds papa…

*

Journal de Lucien - 28 septembre 2021

Ils m'ont remis la grande sauveuse. J'avais dit que j'en voulais plus mais ils ne peuvent pas faire autrement… Bon sang ce qu'elle m'énerve ! Et vas-y que je te déplace ci, et que je t'astique ça, et que je range ce truc, et que je nettoie ce machin. Elle bouge tellement dans tous les sens, que ça m'en donne le tournis. On dirait un poisson qui cherche la sortie de son bocal. Et elle parle toute seule en plus ! « Oh ! Mais quel bazar ! Mais quel bazar ! » Ça ne la gêne pas plus que ça. Elle dit ça devant moi pareil. Comme si j'étais un meuble dans son bazar. « Mon pauvre monsieur, je crois qu'un petit tri s'impose ! » Il ne me semble pas être plus pauvre qu'elle, m'enfin…

Elle a eu le culot de me proposer de m'aider à trier mes petites affaires pour qu'après je sois tranquille pour lire. Je lui ai dit que c'était son petit boulot de faire ça. Ma parole, elle a affiché une tête pas commode mais n'a rien dit.

Si tu ranges bien ta chambre, après tu seras tranquille et tu pourras jouer… Ça va oui ? J'ai passé l'âge.

Avec toutes ces interruptions j'ai dû m'y reprendre à cinq fois pour lire une phrase. Cinq fois, si ce n'est plus ! Voilà une chose qui n'a pas changé ma Gigi. Je lis toujours autant. Je préfère les dialogues des romans aux conversations réelles. Être le spectateur de conversations silencieuses, c'est quand même le pied. Je fais tout le temps le même rêve. Les gens communiquent et se comprennent sans paroles, c'est un monde sans bruit, et c'est le panard. Enfin bon, je divague.

Je lisais et voilà que l'autre toto de jardinier me crie dessus.

Il rangeait la tondeuse sous l'appentis, il criait qu'il avait terminé et il m'a demandé comment je trouvais ma pelouse. Tondue, j'ai répondu. Qu'est-ce qu'il voulait que je lui dise. Et il restait planté là, devant moi, à me regarder. Je lui ai demandé s'il voulait sa médaille. Il m'a dit « Non, non, pas de médaille. Un merci Robert ou un beau travail Robert suffirait... »

Mais quel casse-burnes.

Au revoir Robert que j'ai répondu.

Bon. Ni une ni deux, j'ai repris l'enquête de mon roman. Et l'autre qu'est revenue en remettre une couche. « C'est bien monsieur, je vois que vous avez mangé ce matin, le filtre à café encore dans la cafetière, le bol dans l'évier, la bouteille de lait sur la paillasse, super, bravo ! » J'ai arraché un bout de la page 53 tant j'ai eu envie d'emplafonner Sherlock. Et puis elle m'a dit « Allez, on va faire la toilette ? »

Alors, on est allés à la salle d'eau. Sitôt qu'elle a eu fini de me déshabiller, elle a commencé à me frotter avec son vieux gant sans prévenir. Dans le cul direct, comme si j'étais une bête au véto. J'ai rattrapé mon froc à mes pieds. Avec bien du mal, mais j'ai fini par réussir. J'ai pris ma canne et je lui ai montré la sortie. Foutez le camp, j'ai dit, dégagez illico ! Elle est partie sans demander son reste. Elle a quand même écrit un truc dans le cahier sur la table. Et puis elle a filé. Je me suis rhabillé tout seul. Ça m'a pris un bon quart d'heure. Mais tant pis. Je ne suis pas sale. Et c'est encore moi qui commande.

*

J'aimerais tellement que l'on se comprenne. Pourquoi tu ne me racontes pas tout ça ? Pourquoi tu l'écris, pourquoi tu ne me le dis pas ? Au lieu d'écrire à maman.

Maman qui est morte. Quand est-ce que ça va rentrer dans ta tête ? J'ai besoin d'un verre d'eau. Fichues nausées. Qu'est-ce que je fais maintenant ? Où peut-il être ? Toujours sur répondeur, bien sûr… Sinon j'appelle la police ? Non, il ne faut peut-être pas s'alarmer… À moins qu'il soit avec cet enfant ? Mais s'il lui était arrivé quelque chose ? Peut-être que la lecture de son journal m'éclairera ? Après tout, je ne connais rien de sa vie. Est-ce que je suis en train de me trouver des excuses pour continuer de le lire ? Non, ça ne se fait pas, je ne peux pas, je n'aimerais pas qu'on me fasse ça, moi. En même temps… Bon, si dans 30 minutes, il n'est pas là, j'appelle la police. Allez, juste une dernière.

*

Journal de Lucien - 20 novembre 2021

Gladys est venue tantôt m'apporter deux ou trois commissions, je ne lui avais pourtant rien commandé m'enfin… Elle était contente parce que ça sentait le propre. Bon sang ce qu'elle m'agace. Je sais ma Gigi, tu détesterais que je dise ça. Mais enfin, faut dire ce qui est, je suis honnête et je l'ai toujours été alors…

Elle m'a déposé une bise sur la joue, une petite bise délicate avant de jeter les cabas sur une chaise. Puis, elle s'est assise cinq minutes et a jeté un œil au cahier sur la table. Ça n'a pas eu l'air de lui plaire parce qu'elle fronçait les sourcils et pinçait du bec. Et puis elle s'est détournée de moi et a mis les provisions au frigidaire sans piper mot. Ce n'est pourtant pas son genre. Je n'avais jamais feuilleté les écritures sur ce petit cahier dis donc. Il est pourtant toujours posé là, sur ma table. Mais j'ai pour ainsi dire tellement peur qu'on lise mon journal intime que je n'ai même pas eu l'idée d'ouvrir celui-ci. Chacun se mêle bien de ce qui le regarde non ? Et les vaches seront mieux gardées, comme dit l'autre.

Si j'avais su ma Ginette… Ah, j'en ai une bonne... C'est un cahier sur moi. Écrit par d'autres personnes que moi. Une sorte de livre d'or que les soignants et les aides ménagères remplissent après les visites. Comme aux fêtes de mariage parfois, tu te souviens ? On écrivait, enfin tu écrivais, des trucs bien plaisants « Merci beaucoup pour ce moment, on est tous là pour la bamboula, c'était vraiment génial, on vous souhaite plein de bonheur. »

Eh bien, figure-toi que j'ai un livre d'or chez moi. Tout le monde le remplit et tous les jours. Mais je ne suis pas sûr qu'ils prennent du plaisir, eux autres qui viennent me voir. Voilà la dernière pépite du livre : *selles ++++ repas : petits pois carotte, sauté de veau, fromage et poire : monsieur a très bien mangé ce midi ! La vaisselle était dans l'évier (pas de restes !) Penser à racheter des protections et des lingettes bébé. Attention aux grignotages, l'infirmière mentionne une prise de poids. Ongle incarné purulent. Monsieur a été très agressif aujourd'hui.*

Et c'est signé devine qui… Bérangère la grande sauveuse. Ah je peux te dire que quand j'ai lu ça, mon sang n'a fait qu'un tour. Bon sang, je ne trouve même pas les mots. Ah je veux te dire que j'étais en rogne. Alors quand Gladys a lu ça, tu parles, je ne te raconte pas l'air qu'elle avait… Enfin tu vois bien de quoi je parle, on a toujours su quand ça allait ou quand ça n'allait pas. Un vrai livre ouvert, celle-ci.

J'ai bien ma petite idée là-dessus. Elle n'a pas pu avoir d'enfants, et Dieu sait qu'elle en voulait un. Mais elle m'a moi… Alors bon, c'est tout comme, tu me diras. Elle m'achète des couches car je fais pipi au lit, des lingettes pour bébé car j'ai le derrière tout irrité… Et avec ce fichu cahier d'écritures, elle connaît mon poids, elle sait si je grignote, si j'ai été agressif ou de bonne constitution, elle connaît l'état de mes ongles de pieds, de mon sang, de mon cœur, elle sait à quelle heure je chie, en connaît même la consistance. Alors bon, c'est le comble quoi…

Bon sang, je ne sais pas ce que le bon Dieu attend pour me faire déguerpir le plancher. S'il pouvait me faire rejoindre l'avenue des allongés, ça m'arrangerait. S'il pouvait donner à ma fille l'occasion d'acheter des couches pour un bébé plutôt que pour son vieux père tout fripé. T'as de la chance d'être partie ma pauvre Gigi, même si j'aurais aimé venir avec toi.

Enfin, pour en finir avec mon histoire, Gladys n'est pas restée bien longtemps. Je crois bien qu'elle allait pleurer. Et la Bérangère, la fameuse aide-ménagère qui a noté ces conneries dans le livre d'or est arrivée. C'était comme un chassé-croisé en fin de compte. Nom de nom quand elle a franchi le perron de la maison, mon sang n'a fait qu'un tour. Oui, parce que j'ai beau dire hein… Elle m'agace Gladys c'est vrai, avec ses grands airs qu'elle n'avait pas avant, et qu'elle a chopés Dieu sait où… N'empêche que ça reste ma fille et je n'ai pas envie qu'elle soit triste à cause d'une pauvre aide-ménagère. Alors sitôt que la Bérangère a franchi le perron de la maison, je l'ai applaudie et je l'ai félicitée. Elle faisait l'innocente « Pourquoi vous me remerciez mon petit monsieur ? » Rien que de l'entendre, ça m'a secoué. Je me suis dit, bon sang, en voilà une qui va savoir comment je m'appelle.

5

6 mois avant le drame

Journal de Bérangère - 20 novembre 2021

Lucien

« Merci de donner à ma fille un aperçu de mes passages aux waters, de mes besoins en couches et de mes grignotages ! » a dit Lucien dès que j'ai mis un pied dans sa maison. Ses yeux écarquillés me scrutaient, ses narines se dilataient à mesure que ses poings se serraient. Puis, comme un enfant qui débiterait sa poésie à toute vitesse avant d'en oublier un morceau, il récita « Ça vous ferait plaisir à vous ? Qu'on note sur un livre d'or à disposition de toute votre famille : menstruations importantes avec caillots, a pris trois kilos, penser à racheter de la crème pour le traitement des mycoses ? »

Je sentais mes oreilles chauffer, mes joues bouillonner.

« Oh, vous pouvez rougir. Si vous croyez que ça va consoler ma fille ! » et au stade rouge pivoine, je me suis surprise à penser que j'aurais dû le laisser crever lorsqu'il a essayé de se tuer. J'ai pris le cahier de transmissions, j'ai déchiré la page en question, l'ai roulée en boule et je l'ai lancée dans la poubelle. Il m'a dit de partir, je n'avais pas commencé sa toilette. J'ai bafouillé quelques excuses avant de lui donner l'horaire de la prochaine intervention et d'enfourcher mon vélo en direction de chez Georgette, les yeux remplis de larmes.

Georgette

« Vous mettez un soutien-gorge ? » Georgette arqua un sourcil, regarda vers le ciel et empoigna ses seins avant d'ajouter en me regardant dans le miroir.

« Non. Ça ne vaut pas le coup, je n'en ai vraiment pas beaucoup. Enfin toujours plus que vous ! Qu'est-ce qui s'est passé ? Ça n'a donc pas poussé ?

– Quoi donc ? ai-je demandé en enfilant son maillot par la tête en poussant un peu.

– Eh bien vos bottes de foin…

Elle posa ses mains sous ses seins et les secoua avec ses paumes. « Pour amuser les ânes ! »

J'ai explosé de rire et lui ai demandé d'enlever son pantalon. Elle s'est pliée et a ôté ses chaussettes. J'ai répété *le pan-ta-lon* plus fort, en articulant, comme si elle allait mieux comprendre avant de pincer mon propre pantalon.

Elle était lente, trop lente.

Marie-Christine insiste pour que nous laissions les personnes âgées se débrouiller au maximum. Nous ne sommes pas là pour les assister mais pour les aider uniquement. Elle me fait marrer Marie-Christine avec ces conseils à deux balles. Elle devrait se lever de son fauteuil pivotant et venir sur le terrain, un peu, ça lui ferait du bien. Elle verrait que trente minutes ne suffisent pas pour laver une mamie qui perd la boule, elle verrait qu'on est *obligé* de faire à sa place.

J'ai regardé ma montre, il me restait 6 minutes avant la fin de l'intervention. « On fera le bas demain, je n'ai pas le temps… »

Je lui ai tendu sa brosse à dents, elle s'est brossé les cheveux avec. J'ai posé mon index sur mes dents en essuyant le dentifrice dans sa mise en plis, et, tel un érudit qui comprendrait enfin les rouages d'une problématique sur laquelle il travaille depuis des mois, le regard de Georgette s'est illuminé, et elle porta la brosse à sa bouche.

« Pouvez-vous appeler le dératiseur ? » dit-elle, le menton dégoulinant de dentifrice. Je lui ai fait remarquer qu'il n'y avait pas de rats dans sa maison, et, après un bruyant gargarisme, elle cria « Mais non ! Pas pour les rats ! » avant de babiller la brosse à dents en l'air, en protection d'une menace invisible « Pour les lutins… »

Ces fichus lutins… Je l'ai cherché… Comme une idiote, la vingt-cinquième fois où elle m'a parlé de ces lutins, je lui ai demandé si elle avait pensé à appeler un dératiseur tueur de lutins. C'est sorti de ma bouche comme ça, sans prévenir, je crois que ça m'amusait. Georgette a noté sur son cahier mémo que les dératiseurs tuaient les lutins, qu'il fallait penser à en appeler un. J'avais oublié qu'elle consultait son carnet mémo plusieurs fois par jour. Depuis, elle me demande tous les jours d'appeler un dératiseur tueur de lutins.

« Vous direz au dératiseur que c'est urgent hein ? Ils me chatouillent les pieds toutes les nuits ! » J'ai souri en essuyant une trace de dentifrice à la commissure de ses lèvres et l'ai dirigée vers le salon. Elle récupéra son sac de randonnée avant d'annoncer, les mains vissées sur les lanières « Je suis prête ! »

– Où allez-vous comme ça ?

– Bonne question ! Personne ne sait… C'est ça les campeurs…

Un sourire s'est dessiné sur son visage, son regard brillait de malice.

– J'ai tout ce qu'il faut, une cu…

Je l'ai coupée.

– Une culotte, du savon, des sablés purs beurre, une bouteille de blanc liquoreux, c'est du bon, c'est du Loupiac, une chemise de nuit, un rouleau de PQ et de la moutarde.

– Comment savez-vous ?

Parce que c'est tous les jours pareil, ma pauvre Georgette, ai-je pensé tandis que je murmurais à son oreille « Je suis devin. » La bouche béante et le regard figé, elle semblait véritablement bluffée.

Je l'ai aidée à s'installer sous sa cabane : un tancarville, relié à plusieurs chaises et des serviettes nouées par des pinces à linge en guise de bâche.

« À demain Georgette, portez-vous bien… » ai-je murmuré à son oreille en lui tendant son journal.

– C'est ça, et vous paierez le médecin ! a-t-elle répondu en se marrant avant de demander « Qui êtes-vous ? »

Je suis sortie sans lui répondre et j'ai fermé à clé derrière moi. C'est le protocole désormais. Les voisins de la résidence seniors la retrouvaient régulièrement paumée dans les couloirs, son sac de rando sur le dos.

Jocelyne

Depuis que ce policier m'a retiré mon permis, je suis obligée d'effectuer mes tournées à vélo. Je pensais être virée, je pensais que l'absence de permis serait rédhibitoire pour l'exercice de ce métier. Tu parles ! Saint-Pierre-de-Rotouilly-les-Bains n'est pas une commune très étendue et Marie-Christine m'a dit que ça ne posait pas de soucis. « Allez-y à bicyclette, allez-y en skate, allez-y en trottinette, allez-y à cheval si vous voulez, débrouillez-vous, mais allez-y ! »

Alors j'ai ressorti mon vieux vélo Peugeot, j'ai investi dans de larges sacoches et dans un gros sac à dos pour transporter les courses des personnes âgées.

Lorsque je conduisais, une montagne de sucreries s'élevait sur mon siège passager, et je ne sais désormais plus où déposer madeleines, biscuits, pâtes de fruits et autres bonbons vichy que les anciens me proposent. Alors, je me force à les manger, pour leur faire plaisir, et parce que je ne sais pas dire non. Sinon, je les enveloppe dans des mouchoirs, les fourre dans la poche de mon manteau et les rassure. *Je vais le manger dans la journée, ce sera mon goûter.* Puis je les jette dans la poubelle de la place de l'église.

Aujourd'hui, j'ai bien décliné l'offre de Jocelyne, mais celle-ci me tendait le paquet sans ciller.

Ce n'était pas une question.

« Allez allez Laeticia ! Un petit effort, un petit deuxième, faut manger pour porter le dos ! »

Laeticia. Ça ne ressemble pourtant en rien à Bérangère. À la limite un prénom commençant par Bé- Béatrice, Bernadette, pourquoi pas. Allez, au pire, un prénom qui se termine en -ère, Claire, Marie-Pierre, ok. Mais Laeticia… Il n'y a aucune syllabe en commun dans ce prénom ! Jocelyne ne perd pourtant pas la mémoire. Je dois lui faire penser à une Laeticia. Ou je dois avoir une tête de Laeticia, je ne sais pas.

Ma volonté de ne pas contrarier les gens est telle que je n'ai pas osé lui donner mon vrai prénom, le jour où elle m'a appelée Laeticia pour la première fois. La deuxième fois, lorsque je ne me suis pas reconnue, elle m'a dit que c'était dingue d'être aussi snob au point de ne pas lui répondre quand elle me parlait. J'ai dit pardon, elle a dit, personne n'est parfait Laeticia. J'ai pensé Jocelyne, ma brave Jocelyne, tu commences à me plaire, et au lieu de lui dire qu'elle se trompait, au lieu de dire que je m'appelais Bérangère et pas Laeticia, mon cerveau a demandé à ma bouche de sourire, à mon visage d'arborer l'expression ingénue d'une fillette demandant pardon après une bêtise. Et je m'appelle désormais Laeticia, une fois par semaine, le mardi, de 9 à 10.

« Posez ça sur la table Laeticia, je vais m'en arranger… » a dit Jocelyne en me tendant un verre de cantine rempli de café. Et de continuer « Comment ça va ? Toujours pareil. Quel temps fait-il ? Toujours pareil aussi. Bon, vous avez fait mes commissions alors ? Eh ben c'est bien. Ah mon satané chat, je l'ai encore perdu. C'est rigolo car je m'appelle Madame Michel. Vous connaissez la chanson ? Oh oui, oh oui, vous devez connaître… Tiens donc, j'ai vu Madame Beautendre ce matin. Oui, elle était là dans son appartement, elle tirait son velux. Y avait quelqu'un chez elle, mais j'ai pas vu qui. Vous savez, vous ? Je me demande bien qui peut venir chez elle à cette heure. Elle est partie, je viens de la voir descendre avec un sac-poubelle qui déborde. Alors, aujourd'hui, c'est le jour des ordures. Je vais pas les descendre, j'ai qu'un pot de Danette à la fraise, et le sac plastique qui recouvrait le pain, alors bon, ça ne vaut pas le coup ? Qu'en pensez-vous ? Fait-il froid sinon ? Oh, cette nuit, le chauffage s'est mis à tourner tout seul. Il se déclenche en dessous de 20 degrés. Y'en a marre de la flotte. On ne voit pas beaucoup le soleil ces temps-ci, il se cache, le coquin. Avez-vous croisé beaucoup de monde chez le poissonnier ? Les a-t-il vidés, les a-t-il écaillés, comment avez-vous trouvé le poissonnier, avait-il l'air fatigué ? Et les poissons étaient-ils beaux ? Y en avait-il beaucoup ? Donc, vous, vous êtes là pour mes courses. Ensuite, donnez-moi donc mon planning sur le frigo. Il faut tirer sur le petit machin qui colle sur le frigo…

— Un aimant ?

— Dam' non, je n'ai pas d'amant, dites donc Laeticia… Vous êtes bien curieuse ! Allez-y tirez dessus, c'est bien commode ces petits machins-là, et donnez-moi donc mes carreaux aussi, sans ça, j'y vois pas clair. Et donc ensuite, cette fille-là vient pour me balader. À 3 heures de l'après-midi c'est ça, je ne me trompe pas ? Et à quelle heure vient l'agent de toilette déjà ? La toiletteuse ? Celle qu'a les cheveux rouges… Tu parles d'une couleur de cheveux toi ! J'aurais tout vu moi… Aujourd'hui, les garçons ont les cheveux longs et les filles sont en pantalon ! Comment voulez-vous qu'on les reconnaisse…

J'ai eu envie d'embrasser mon téléphone lorsqu'il a sonné. Jacques ne m'avait pas trompée, Jocelyne est une sacrée pipelette. « Plus qu'il n'en faut. »

J'ai grimpé sur mon vélo, les sacoches vides, le ventre rempli de biscuits à l'orange et de son café-jus de chaussette que je ne suis pas parvenue à jeter discrètement dans l'évier.

J'ai ensuite regardé la côte au dénivelé trop élevé, mon ventre a gargouillé et je me suis dit que, plutôt que de demander lors de l'entretien d'embauche « Dans quel sens nettoyez-vous un escalier ? » Marie-Christine devrait plutôt demander « Pensez-vous avoir le foie suffisamment accroché pour exercer ce métier ? » Je n'avais pas le choix, il fallait pédaler et l'image de Jocelyne s'est invitée dans mes pensées. *Allez allez Laeticia, un petit effort...*

Josette

« Là. Ici. Non, pas là… Là. Sur votre gauche. L'autre tiroir. M'enfin vous êtes déjà venue une fois ? Il faut vous répéter les choses combien de fois à vous ? C'est ça qu'est embêtant avec cette maison-là… Ils nous changent de filles toutes les semaines, si bien qu'il faut toujours faire de la formation… Sitôt qu'elles connaissent la maison, hop, les voilà parties, alors… » Je n'en peux plus de cette phrase. Ils veulent tous une aide à domicile fixe. Et, tant qu'à faire, une qui soit gentille, douce, amusante, docile, empathique, et surtout travailleuse. Je parle au féminin car seules des femmes travaillent dans cette boîte. Un homme y travaillait mais il n'a pas tenu longtemps. Le pauvre ne supportait plus les commentaires d'une ou deux mamies réacs. Au mieux, on lui signalait que ce n'était pas un travail pour les hommes. Au pire, on lui demandait s'il n'était pas du genre pédé. Après de longs discours de sensibilisation, la plupart du temps complètement vains, il a démissionné.

« Je sais bien ce que cherchent vos chefs. Ils ne veulent pas qu'on s'habitue à vous… » Certains bénéficiaires croient à un immense complot de la part du bureau. Les référents de secteur changeraient régulièrement les aides à domiciles des personnes âgées pour éviter l'attachement. Lorsque je les questionne sur l'intérêt de ces changements, ils haussent les épaules. C'est un mystère, une obscure raison encore non identifiée. Souvent, je m'imagine leur répondre que les changements d'intervenantes s'expliquent par des remplacements de congés, des arrêts de travail, des démissions, des abandons de poste. J'ai envie de leur dire qu'il faut tenir dans ce métier. J'ai envie de leur dire que s'ils étaient moins casse-pieds, si on était mieux payés, mieux valorisés, mieux traités, peut-être qu'on ne changerait pas de métier, peut-être même que ce métier ferait rêver. Mais, pour avoir la paix, je leur réponds à tous, que oui, ils ont sans doute raison.

« Vous faites ça depuis longtemps ? Faut mettre les jeunes à travailler dès le plus jeune âge ! Nan ? Vous ne pensez pas ? J'ai mis mon petit-fils à travailler dès l'âge de 5 ans, du temps où il venait en garde chez moi, résultat, il sait tenir sa maison. Et vous voulez que je vous dise ? C'est lui qui fait le ménage. Plus que son épouse… Elle ne sait même pas repasser un col de chemise alors pensez donc… Tiens tiens, en parlant de repassage ! »

Son index tordu désignait une montagne de chemises de nuit et de torchons sur le lit. Elle s'est assise dans un fauteuil à côté de moi, prête à bondir au premier faux pli.

« Pas comme ça ! » répétait-elle.

Ma main tremblait sur le fer.

« Là, il y a un faux pli, là aussi, et là… Ce n'est pas du travail ! Vous êtes donc aussi incapable que la femme de mon petit-fils ? Ne faites pas cette tête, je vous taquine… »

J'ai répondu que ce n'était pas si grave, un faux pli sur une chemise de nuit. *Qui empestera quoi qu'il en soit la transpi et le pipi après une nuit.* Mais ça je ne l'ai pas dit.

« Oui, mais dites, imaginons que je me casse la figure et que j'ai quelque chose de cassé, et que je doive aller à l'hôpital… »

J'ai dû arborer une expression déconcertée.

« Que va penser le médecin ? Si le col de ma chemise de nuit est tout froissé ? »

Ton corps plein de faux plis n'aura jamais besoin d'être soigné car je vais finir par t'étrangler si tu continues à me les briser, ai-je pensé tandis que j'affichais une expression désolée.

« Je vais vous montrer comment on repasse du linge… Vous savez, si je vous fais des remarques, c'est pour votre bien… » Et, bien que j'aie pensé, non Josette, si tu me dis ça, c'est pour ton bien à toi Josette, pour le bien de ton égo qui jouit à l'idée de m'apporter tes putains de conseils, moi je ne t'ai rien demandé ma vieille Josette, j'ai répondu « Merci Josette. »

Ménage de confort

Marie-Christine a élargi sa gamme de prestations et propose des gardes d'enfants et du ménage de confort aux clients non dépendants. Heureusement, ma cheffe n'a pas prévu de baby-sitting dans mon planning. En revanche, pour ce qui est du ménage de confort, bon sang, ce terme me file la gerbe, elle se lâche Marie-Christine, elle donne tout ! Ça m'apprendra à dire oui à tout. Quand je pense à l'état de mon propre logement, ça me rend folle.

Monsieur et Madame Boutillé m'ont laissé une liste de tâches à effectuer sur la table du salon : poussières, vider le lave-vaisselle, nettoyer la salle de bains, nettoyer la cuisine, nettoyer les WC, passer l'aspirateur, passer la serpillière, laver les carreaux.

Ni bonjour, ni merde. Vous avez deux heures.

La dernière fois, ils avaient laissé traîner des stylos et des bouts de papier sous le canapé et derrière le meuble télé. Des pièges pour vérifier si je passais bien l'aspirateur partout. J'aurais pu donner de la mort-aux-rats à leur gros chat Angora pour ça. Bien sûr je me suis retenue, et en bonne petite fée, j'ai exécuté et me suis affairée à faire briller la maison pourtant déjà propre de Mr Mme Boutillé.

Pause

J'étais affamée, assoiffée, j'avais une sacrée envie de pisser quand Marie-Christine m'a appelée. J'ai ignoré son appel, mais elle a réitéré.

« Josiane est en arrêt, on vous a ajouté une intervention ce soir à 18h30 chez Monsieur Galopin. » Je lui ai dit que je n'étais pas disponible, et elle a insisté. Ça l'embêtait. Ce pauvre monsieur Galopin avait vraiment besoin d'aide pour la préparation des repas, la fermeture des volets et le coucher. S'il s'agissait d'une intervention d'entretien courant du logement encore… Elle comprendrait… Mais c'était différent, c'était important, il lui fallait trouver une solution.

Je me suis entendue lui répondre « Non, désolée je ne peux pas. » Et tout un public de supporters s'est levé dans ma boîte crânienne pour m'encourager. *Bravo Béran ! C'est ça Béran ! Super Béran !*

Ça ne m'arrangeait vraiment pas, je devais voir Alice à 19 heures.

« Écoutez Bérangère, je n'invente rien… Mon logiciel m'indique que vous êtes *la seule* aide à domicile disponible sur ce créneau horaire, je suis embêtée de vous demander ce petit service mais je suis dans l'impasse Bérangère… Toutes vos collègues ont fait des heures supplémentaires aujourd'hui, il faut bien remplacer Josiane, tout le monde a fait un petit effort, vous comprenez ? » a dit Marie-Christine avec emphase. Sa rhétorique et son timbre de voix mielleux ont eu le don de me faire vriller. À sa question « Vous comprenez ? » J'ai eu envie de répondre « Oh oui, oui je comprends… Mais je m'en fous. » Mais j'ai répondu « Je ne peux pas, je suis vraiment désolée. »

— Je suis vraiment embêtée Bérangère…

Je n'ai pas répondu.

— Bon… Écoutez, je vais appeler la famille, je vais voir avec eux comment faire… On va s'organiser… Tant pis.

Et c'est à ce moment-là que j'ai cédé.

Un point pour Marie-Christine et son *tant pis*.

Elle m'a souhaité une très bonne soirée et j'ai pensé, là t'exagères Marie-Christine, n'en rajoute pas trop quand même, car je te rappelle que grâce à toi, je vais passer une partie de ma soirée avec Daniel, alors ne me souhaite pas bonne soirée. Souhaite-moi bon courage si tu veux, donne-moi une médaille si tu veux, mais ne me souhaite pas bonne soirée, parce que, là, franchement, ça devient insultant Marie-Christine. Mais j'ai dit « Bonne soirée à vous aussi Marie-Christine. » Tous les supporters de mon cerveau se sont assis, déçus. L'un d'eux a bien essayé de rassurer les autres. *C'était quand même un beau match…* Mais je lui ai demandé de la fermer et j'ai croqué dans mon sandwich.

Daniel

En lui servant son croissant au jambon, j'ai eu la merveilleuse idée de lui demander comment il allait.

« Toujours pareil, comme d'habitude, le monde va mal, vous ne trouvez pas ? »

Il s'est dépêché, il a tout lâché. Il savait qu'il disposait d'une heure pour dégueuler ses problèmes, mollarder sa tristesse, répudier les affres de sa solitude. Alors il parlait vite, enchaînait les plaintes, sans liens. Il fallait tout dire, tout. Rentabiliser la séance. Comme une personne fauchée et dépressive débiterait ses envies morbides chez un psy, allant même jusqu'à empêcher le professionnel d'interagir — car 45 minutes c'est court lorsque l'on cherche des mots à ses maux — avant le sempiternel « Bien, je vous laisse réfléchir à tout ça… On se revoit la semaine prochaine, ça fera 60 euros, prenez soin de vous d'ici là. »

Mais je n'ai pas les compétences d'un psy et encore moins son salaire. Je suis tout au plus un exutoire, une éponge que j'essore le soir, pour éviter de moisir trop vite.

Ses yeux implorants insistaient : *prends en charge une partie de ma misère s'il te plaît, comprends-moi pour m'aider.* J'aurais pu dire « Stop, je ne veux plus, je ne peux plus vous écouter. » Mais je continuais de capter son regard, je m'y emprisonnais comme une putain de souris maso aurait sauté dans une tapette à pieds joints.

« Il y a moins d'arbres qu'avant.

J'essayais de trouver des solutions.

– Peut-être mais il y en a encore, je vous emmènerais en forêt si vous voulez !

Mais il ne voulait pas les entendre.

– Oh non, je n'y tiens pas.
– Pourquoi ?
– Parce que je ne veux pas payer l'essence !
– Mais la forêt est à moins d'un kilomètre…
– Oui, mais je ne veux pas salir mes chaussures.
– Ça se lave les chaussures…
– Oui, mais je pourrais trébucher…
– Je vous retiendrais ! »

Il m'observait sans ciller, je l'avais piégé.

Et comme une imbécile, je recommençais.

« Vous regardez la télé le soir ?
– Bof, il passe tout le temps les mêmes films.
– Vous exagérez… Sur le nombre de chaînes qui existent, maintenant…
– Oui, mais je ne regarde que la deux et la trois.
– Eh bien, zappez !
– Ah non ! Je suis habitué avec ma 2 et ma 3.
– Ah.
– J'ai mal aux genoux, c'est embêtant de souffrir comme ça…
– Je sais mon petit monsieur…

– Non, vous ne savez pas !
– Vous avez raison… Je ne sais pas. »

Dès lors qu'il glissait vers l'aquoibonisme, j'avais envie de le secouer, de le retourner dans tous les sens, de lui dire que, oui, la vie était dure mais qu'il était inutile d'en faire une tragédie, que ses plaintes n'y changeraient rien. Et de finir en criant dans ses sonotones « Sinon que de me faire vriller. »

J'ai nettoyé son assiette et il a ajouté la bouche pleine « Faut profiter quand on est jeune, parce qu'après… »

Souvent, Daniel n'achève pas ses phrases et je crois qu'au fond, il redoute s'entendre raconter de futures catastrophes. Aussi préfère-t-il inconsciemment couper sa phrase au milieu avant que celle-ci ne lui cause des débuts de tachycardies.

Chaque jour, il me menace « Faut profiter quand on est jeune parce qu'après… » Puis s'arrête. Et je me demande toujours, *quoi après* ? Qu'est-ce qu'il y a *après* ? Et d'abord, c'est quand, *après* ? Tu peux me le dire Daniel ? Est-ce qu'il y a un jour où on était « avant » période où on est supposé profiter *parce qu'après*… Et hop, le lendemain, c'est fini, on est arrivé à *après* et les choses se gâtent ? Raconte-moi Daniel… Qu'entends-tu par ton putain de *parce qu'après* ?

D'habitude, il reste muet, dodeline de la tête, serre ses lèvres, et, les paumes tendues vers le ciel, change de sujet : crise sanitaire, crise économique, crise géopolitique, crise environnementale, crise, crise, crise, c'était mieux avant, autrefois dans le temps, c'est plus pareil maintenant.

Aujourd'hui, il m'a donné un indice « Après, eh bien… C'est plus pareil… »

Et j'ai pensé *Merci Daniel.*

Mais quand tu y penses Daniel, la vie change d'une minute à l'autre. C'est normal, tout est mouvement, tout est changement, c'est comme ça Daniel, l'essence même de la vie, c'est le changement, d'ailleurs il n'y a ni après ni avant, il n'y a qu'un maintenant. Je lui ai demandé s'il avait envie d'aller bien. « Oh non, c'est fini tout ça. Regardez même Titi déprime à force d'être avec moi, il n'arrive même plus à voler… »

Tu me fatigues Daniel.

Mon portable a sonné, l'intervention touchait à sa fin.

« Ah vous y allez ? Bon… Je vais me débrouiller… »

Allongé, bordé, changé, il pouvait attraper tout ce dont il avait besoin sur sa table de chevet. Verre d'eau, médicaments, mouchoirs et lampe torche. Je lui ai demandé s'il lui manquait quelque chose, mais il m'a dit que non non il avait tout ce qu'il lui fallait, il ne voulait pas que je parte mais il n'avait pas le choix, il faudrait bien que ça aille de toute façon, alors si je devais partir, eh bien qu'est-ce que j'attendais ?

Et il serra son orque en peluche contre sa poitrine, l'air dépité.

J'ai enfilé une manche de mon manteau en évitant de le regarder.

« Vous avez bien tout fermé, les lumières, le gaz ? »

J'ai acquiescé d'un hochement de tête.

« Vous allez vérifier quand même ?

— J'ai vérifié.

— Bon, eh bien si vous avez vérifié… »

Regard insistant.

« — Vous êtes sûre que vous avez bien regardé ? »

Et puis merde.

Je me suis dirigée vers la cuisine. J'ai regardé la gazinière, touché les boutons, ils étaient bien éteints, les ai allumés un par un et les ai éteints à nouveau. J'ai regardé les boutons, dix secondes peut-être, ou plutôt trente. Éteints. Ils étaient éteints. « C'est éteint Daniel ! »

— Bon, c'est bien ! Tiens, rapprochez un peu ma machine à roulettes. Dans le cas où je devrais me déplacer dans la nuit. Un peu plus à droite…

Un peu plus à droite.

— Non, plus à gauche…

Un peu plus à gauche.

— Par là, non dans l'autre sens, oui, voilà, comme ça, non,

là, attention vous allez tout faire tomber !
– Vous exagérez mon petit monsieur.
– Plus par là…
Redites une fois « plus par là » et je vous jure que votre déambulateur finira au fond de la pièce, et vous devrez ramper pour aller le chercher…
Plus par là.
Mon portable professionnel a sonné à nouveau, j'avais dépassé mon heure.
– Bon, là, c'est bon. Touchez plus.
– Bien. Cette fois, j'y vais.
Ne pas le regarder.
J'ai dit bonne nuit et j'ai dévalé les escaliers.
– Vous fermez bien la porte à clé derrière vous ! a-t-il crié.
Non non, je laisse grand ouvert, vieux maniaque.
– Oui Daniel !
Et, alors que j'insérais la clé dans la serrure, j'ai entendu crier. J'ai monté les marches deux par deux, ma main tremblait sur la rampe.
– Qu'est-ce qu'il se passe, ça va ?
– Pouvez-vous regarder si le fer à repasser est bien débranché ?
J'ai tiré sur une mèche de cheveux pour m'empêcher de l'insulter et me suis dirigée vers la buanderie.

J'ai raconté toute ma journée à Alice. Sur le ton de la plainte, sans doute. Il fallait que ça sorte et rien de tel qu'une amie pour ça.
Elle a dit « Je ne te comprends pas… » en appuyant chacun des mots pour être sûre d'être comprise. Elle m'a demandé combien de temps *encore*, je comptais expier mes fautes. J'ai donné les mêmes arguments que d'habitude. Elle m'a répondu comme d'habitude. Que je devais avancer. Que je devais cesser d'être aussi maso, que rien ne m'empêchait d'arrêter ce boulot s'il ne me plaisait pas, que personne ne m'obligeait à

continuer, que sérieux est-ce que j'avais vu ma tête ?

Je me suis regardée dans le miroir. Elle n'avait pas tort.

Comme cette discussion revenait sans cesse, et que rien ne changeait jamais, nous avons changé de sujet et avons spéculé sur le *parce qu'après* de Daniel.

Hugo qui pliait du papier coloré à nos côtés, comme d'habitude, et dont on avait oublié la présence, comme d'habitude, a dit qu'en vrai ça allait, qu'on avait encore du temps, que si, imaginons, on allait devenir mortes vers les 70 ans, alors il nous restait un peu moins d'une moitié de vie et que du coup ça laissait encore pas mal de temps pour profiter.

J'adore Hugo.

Alice a explosé de rire et a profité de la réaction de son petit garçon trop mignon pour me demander de l'aider à préparer son exposé pour l'école. Elle part en mission au Kenya pendant au moins un mois et ne peut pas compter sur son père pour ça. J'allais réagir et elle a dit *Tutututut*. Elle a dit, je sais ce que tu vas dire mais ça va aller, elle a dit, il est grand maintenant, elle a dit, il se débrouille. Apparemment, elle savait que je pouvais y arriver. Et comme je n'ai ni le temps, ni l'énergie, ni l'envie de m'occuper de Hugo pour son exposé, j'ai répondu, bien sûr ma poule, pas de soucis.

*

Club du troisième âge - 20 novembre 2021

– Où en est l'opération de libération de l'amie Georgette ?
– J'ai volé le téléphone portable professionnel de mon aide à domicile pour trouver le code de sa boîte à clé, pour ouvrir sa porte d'entrée.
– Ensuite, elle me l'a donné puisqu'elle n'y voit plus rien.
– Travail d'équipe, tope là !
– Et après beaucoup de manipulations sur cet engin-là, dis donc c'est bien commode ! On a trouvé la fiche de renseignements de Georgette.
– Le code de déverrouillage de la boîte à clé est 1922.
– Sa date de naissance quoi ?
– Hey, ça nous fera un bon moyen mnémotechnique !

6

Hugo

En ce moment, je grandis.

C'est ce que mes tatas et mes tontons m'ont dit dimanche dernier lors d'une fête de famille du côté de maman. Enfin, comme d'habitude quoi. Parce qu'ils disent ça à chaque fois que je les vois : oh dis donc Hugo, qu'est-ce que t'as grandi, tu vas bientôt dépasser Julie.

Julie, c'est la plus petite de notre famille, et c'est pas très difficile de la dépasser. Du coup ça fait rire tout le monde sauf tata Julie.

Lorsqu'il y a un papy qui a dépassé l'âge d'adulte, il répond souvent que : et oui la roue tourne, qu'est-ce que vous voulez. Et si il est accompagné d'une autre mamie, elle répond qu'il faut laisser la place aux jeunes maintenant. Et s'il y a un troisième papy ou mamie, alors là, il dirait que c'est une page qui se tourne.

Ma maman répète à tout le monde : vous vous rendez compte vous ? 10 ans l'année prochaine… Ah ça pousse hein ! Pour maman, je grandis pas mais je pousse comme l'orchidée de la véranda qui profite d'une très bonne exposition plein sud. Elle dit tout le temps que je pousse et c'est sans doute pour éviter de dire le mot : grandir qui est un mot qui doit lui faire peur, tout comme le mot : devenir mort, me fait peur.

Mes parents, qui s'aiment plus et qui ont divorcé de leur couple, ont des avis très différents sur la question. Pour maman, je pousse, et pour papa, je devrais maintenant penser à grandir dans ma tête. Mais je suis pas sûr de vouloir devenir grand parce que j'ai l'impression que les grands ont pas beaucoup d'imagination et d'originalité dans leurs discussions.

J'ai pas envie d'aller chez mon papa pendant que maman s'en va au Kenya parce que, là-bas, je fais jamais les choses comme il faut, il est jamais content après moi. Je sais comment ça va finir, il va encore me demander d'arrêter de te parler Ernest. Il m'a même emmené voir un docteur qui guérit le cerveau de la tête pour l'aider à aller mieux, car c'est pas vraiment normal de voir des garçons qui sont pas visibles des autres, mais que de moi-même. J'y crois pas trop à tous ces docteurs de la tête. Le docteur s'appelle Monsieur Galgo et il me demande d'écrire des trucs et de dessiner pour extérioricheépasquoi. Je vois pas à quoi ça sert et je préfère te parler à toi Ernest. Même que je vais continuer que mon père le veut ou non.

De toute façon, j'en fais qu'à ma tête parce que je suis un enfant têtu, c'est lui qui le dit, donc c'est pas vraiment de ma faute. Je suis têtu et aussi rêveur. Papa dit aussi qu'il faut que j'arrête de rêver car j'irais jamais loin en restant dans la lune et pour réussir dans la vie, il faut garder les pieds sur terre. Je sais pas pourquoi il dit ça parce que mes pieds touchent presque toujours la terre sauf quand je suis sur la balançoire qui est trop haute pour moi, car il l'a mal installée parce qu'il devait être dans la lune.

Je dois garder les pieds sur terre si je veux un jour gagner ma vie correctement. Est-ce que ça veut dire que si je suis dans les nuages, je vais perdre ma vie correctement ? Est-ce que si on réussit pas, ça veut dire qu'on rate forcément ? Qui est-ce qui juge ça ? Est-ce qu'il y a quelqu'un, une fois devenu mort qui dit : bravo vous avez bien réussi votre vie ! Ou : ohlala mais vous êtes vraiment le dernier des gros nuls, vous avez tout raté ! Ché pas.

Moi, je crois que c'est surtout lui que ça intéresse, de réussir.

Quand il me dit d'arrêter de te parler parce que t'es qu'une imagination de ma tête qui est dans la lune et que ça va m'attirer des problèmes plus tard, moi je lui dis que c'est lui qui va avoir des problèmes à force de penser à des problèmes qu'existent pas encore et qui sont qu'une imagination de sa tête. J'ai dit à papa : moi, je trouve ça bête. Parce que réfléchir aux problèmes avant qu'ils arrivent et vivre les problèmes quand ils arrivent, ça fait quand même deux fois plus de problèmes. Il a pas répondu.

Du coup, je crois que mon père aime ça, les problèmes.

Ça doit lui permettre de garder les pieds sur terre sans finir dans la lune.

7

5 mois avant le drame

Journal de Bérangère - 16 décembre 2021

Une ribambelle de personnes âgées attendait son tour au bureau. Certains pour donner leur chèque et économiser un timbre. D'autres, pour faire des réclamations. Comme Jean-Jacques. Il voulait Fatima comme aide à domicile et pas Josiane, parce que la première était beaucoup plus efficace et sympathique que la deuxième qui passait son temps à débiner le commun des mortels. Et qui faisait le boulot pendant ce temps-là ? Personne. Le reste des personnes âgées venait pour causer. Ambiance salon de thé.

Quant à moi, je venais pour négocier ma journée de vendredi. Une heure de travail, une heure de pause, une demi-heure de travail, deux heures de pause, deux heures de travail, une demi-heure de pause, une demi-heure de travail. En d'autres termes, cette dernière (foutue) demi-heure m'obligeait à pédaler trente minutes pour faire quatre kilomètres pour gagner quatre euros. Et même si l'exercice physique est conseillé, il ne faut pas déconner, je n'ai pas que ça à faire de pédaler toute la journée. La seule réponse que Marie-Christine a trouvée, quand je lui ai dit que, quand même, bosser quatre heures sur une plage horaire de dix heures, c'était un peu abusé, a été que ça faisait partie des aléas du métier. Elle était désolée. Et, plutôt que de barrer mon front avec mon index en imitant le chant du pigeon *rrrou rrrooouuu*, plutôt que de dire à Marie-Christine ce que j'en pensais de ses aléas du métier, je suis restée plantée devant son bureau. Muette. Ma supérieure s'est avachie dans son siège pivotant et a expiré. Elle était confuse, elle faisait au mieux pour arranger tout le monde, mais on ne pouvait pas décaler les interventions, sinon Renée prendrait son dîner à l'heure du goûter et on coucherait Chantale avant même que ses poules aient regagné le poulailler. Non, elle avait beau tourner le schmilblick dans tous les sens, elle ne trouvait pas de solution. Moi, je me disais que Jocelyne, ne verrait pas la différence si, pour une fois, je venais lui taper causette de 5 à 6 plutôt que de 4 à 5. Mais ça supposait trop de compromis comme téléphoner à Jocelyne, négocier avec Jocelyne, passer une demi-heure au téléphone avec Jocelyne, et c'était déjà beaucoup. « Je vous comprends Bérangère, mais… » Elle dodelinait de la tête, l'air abattu. Et plutôt que de répondre, que, oui, c'est sûr, elle me comprenait, qu'il n'y avait pas de doute là-dessus, qu'il ne fallait pas prendre les aides à domiciles pour des sous-fifres non plus, j'ai lâché un pauvre « Bon » de capitulation avant de regarder ma montre. J'étais en retard.

Annick et Alain

« C'est à cette heure-là qu'elle arrive la sacrée aide-ménagère ? » *Charmant accueil, moi aussi je suis ravie de vous voir Annick…* J'ai pris la main d'Alain et nous nous sommes dirigés vers la salle de bains. Il avançait à tout petit pas. Son dos était si voûté, qu'une large carapace semblait enfouie sous son pull en laine anciennement blanc mais jauni par le temps. Un cadre emprisonnant son ancien corps ornait la tapisserie du couloir. Je me suis demandé comment il avait vécu sa métamorphose, la transformation d'un beau papillon en sa larve terne et rabougrie.

En l'aidant à se déshabiller, j'ai cherché à comprendre pourquoi sa conjointe se comportait de façon si désagréable.

« Ma conjointe… Ma conjointe… Vous n'avez pas tort, remarque… Oui, c'est ça, c'est qu'on est des con-joints. Des satanés de débiles-joints. Des connards-joints même. Je me demande ce qui nous a pris de nous joindre. Mais bon… Pour le meilleur et pour le pire, c'est ce qu'on dit non ? »

Sa tête est restée coincée dans son t-shirt un instant car j'ai cessé de tirer dessus.

— M'enfin, elle est peut-être mauvaise mais vous savez, elle n'a pas eu une vie facile. Elle voulait être couturière et elle est devenue économe à la place…

Moi, je voulais faire princesse-pirate et aujourd'hui je nettoie des zizis flétris, on ne fait pas toujours ce qu'on veut dans la vie…

— En plus de ça, elle n'a pas eu une enfance facile…

Je l'ai aidé à enlever la ceinture de son pantalon.

— Et pour couronner tout ça, elle s'est mariée avec moi.

Les mains appuyées sur le rebord du lavabo, il secoua ses jambes pour faire tomber son velours côtelé.

— Et alors ?

Je me suis baissée pour ramasser le pantalon.

— Et alors ? Et alors, je l'ai tellement fait cocue que je n'ai même pas assez de doigts pour compter combien de fois…

— Oui, enfin, vous êtes amputé d'une main Alain…

— Quand bien même j'en aurais deux ma pauvre… Quand bien même j'en aurais deux… M'enfin, si je peux me permettre, j'ai fait comme 80% des gens…

Alain aime s'employer aux estimations statistiques. Il les utilise pour créer des typologies ou comme indicateurs pour rassurer son interlocuteur sur un sujet quelconque. Il y a 99 % de chances pour que ça marche, ou il ne faut pas s'inquiéter car 80 % de la population est comme ci ou comme ça… En fait de statistiques, il s'agit surtout de grossières estimations toutes droits sorties des confins de son esprit, selon un système de pensées bien à lui.

« J'aimerais vous expliquer pourquoi je suis allé butiner ailleurs, dit-il en posant ses lunettes culs-de-bouteille sur le lavabo.

– Oh ! Ne le prenez pas mal Alain, mais alors, vraiment, je m'en…

– Le tout, c'est qu'on aurait dû le faire avant le mariage… On aurait dû tricher. Quand je dis, le faire, j'entends faire l'amour, enfin vous n'êtes pas née de la dernière pluie si ? On n'a pas triché, mais on aurait dû… C'est comme avant d'acheter une bonne paire de godasses. De celles qu'on s'attend à porter et à user jusqu'à la semelle… On les essaie avant de les acheter non ? Pour être sûr de faire le bon choix quoi… Parce que bon, si elles nous cassent déjà les pieds avant de les acheter, si elles sont déjà un peu usées, si finalement on ne les trouvait pas si jolies, si…

– Oui, oui, je crois que j'ai compris l'image, Alain.

– Je savais que vous en aviez dans le ciboulot !

– Allez, tournez-vous que je vous frotte le dos. »

Mauricette et Joseph

« Dites, elle n'a pas l'air bien votre femme…

– Ça va sans dire ! Elle n'a pas voulu jouer au ping-pong… Que voulez-vous, c'est l'enterrement ça la remue.

J'ai un instant cessé de dépoussiérer les cuivres accrochés au mur.

– Chipie…

– Oh non, Chipie est increvable, regardez voir, là v'là qu'arrive. Viens ma fifille. Ça fait 17 ans qu'on l'a et elle est bonne pour tirer 10 ans de plus ! Chipie nous enterrera tous les deux ou ça m'étonne ! Non, je parlais de l'enterrement de ses vêtements.

— De ses vêtements ?

— Oui tous les 10 ans à peu près.

Alors Joseph m'expliqua. Mauricette renouvelle sa garde-robe tous les dix ans, lorsque son âge se termine par un 7 pour adopter un look plus approprié. 27, 47, 57, 67, 77. Et ça, Mauricette le justifie par le dangereux mais inéluctable rapprochement vers la dizaine supérieure. Elle aurait pu choisir les âges finissant par 8 ou par 9, mais Mauricette estime qu'aux âges finissant par 8 et 9, on a accepté de passer dans la dizaine supérieure. Alors que 7… En général, en année 7 on se dit ça file hein ! Plus on vieillit, plus le temps passe vite, c'est fou hein… Selon Joseph, les six mois suivant l'anniversaire de l'âge terminant par un 7 sont fatigants. Il s'agit d'un moment de profonde remise en question, voire de profonde dépression. Les six mois suivants consistent en une sorte de renaissance, l'occasion de tourner la page et de faire pas mal de ménage. Alors enterre-t-elle ses habits, mais aussi toute une partie de sa vie avec eux. Aussi n'aurait-elle plus peur de la mort puisqu'elle estime être morte déjà plusieurs fois, mais qu'elle a toujours su ressusciter en s'achetant de nouveaux chemisiers.

« Mais elle n'a pas 87 ans là ?

— Non, mais il y a des exceptions !

À 35, 83 et 91 ans, un renouvellement s'impose sans que Mauricette daigne en donner de justifications.

— Je ne l'ai jamais vue comme ça, dit Joseph. Elle est embêtée, car elle se demande comment elle va faire pour paraître encore plus âgée…

Et Mauricette d'arriver dans la pièce, aussi dubitative qu'énervée.

— Ah, tiens, elle est arrivée, Bérangère. Elle veut un café ?

J'ai acquiescé d'un hochement de tête.

— Eh bien, elle sait où est la cafetière, elle va se servir…

Moi, j'ai un catalogue de vêtements pour mémés à éplucher !
Elle souleva le catalogue et sanglota « 91 ans ! 91 ans ! Vous me voyez vraiment avec un tablier et des souliers ? »

Jocelyne

« C'est que j'ai eu des infiltrations dans la corne vertébrale, c'est douloureux ! » dit Jocelyne.

Je ne sais pas laquelle de sa respiration poussive ou de sa façon de raconter une simple histoire en trois heures en confondant un mot par un autre m'irrite davantage.

Je n'écoutais plus.

Seulement quelques phrases.

« J'ai essayé d'aller à la messe pour voir, on ne sait jamais… »

Ce n'est pas que je ne voulais pas l'écouter, c'est que *je ne pouvais pas* l'écouter. Je ne pouvais plus. Ils me donnent tous l'impression d'être une bouée de sauvetage. Mais une bouée de sauvetage percée, une bouée en train de couler, et si je continue à les écouter, je risque de me noyer.

« Ça me lance ici… Et ça remonte jusque dans la moelle pépinière. »

J'imaginais une sorte de coquille imperméable autour de mon corps pour me protéger et me contentais de *mmm mmm*, *ahin ahin* et autres *eh bah c'est bien*, pour toutes réponses. Mon corps était bien présent, mais mon esprit errait ailleurs, bloqué dans l'astral, sans doute.

« Que voulez-vous… Voilà ce que ça donne lorsqu'un frère couche avec sa sœur… »

Sa dernière phrase m'a ramenée sur terre. Je devais en avoir le cœur net et j'ai demandé si elle avait vraiment couché avec son frère.

« Mais vous êtes déroutante vous ! J'ai jamais dit que j'avais couché avec mon frère, d'abord j'ai pas de frère, je parlais de la fille de l'épicière, enfin vous m'écoutez quand je parle Laeticia ? »

Je lui ai répondu que je ne faisais que ça. Elle m'a dit que souffrir et sourire était difficile. Je lui ai dit que je n'avais jamais dit le contraire. Elle a dit « Ah bon ? » J'ai dit « Non. » Elle a redit « Ah bon. »

Et puis elle m'a tendu son téléphone portable. « Regardez voir, s'il n'y aurait pas des rendez-vous disponibles sur docteur libre. »

Huguette

Une douce fragrance s'est invitée dans mes narines lorsque j'ai franchi la porte d'entrée. Un mélange de litière, de tabac froid, de compost et d'intestins. Une puanteur humide, acide et chaude ; un mélange de décomposition, de merde et d'eau de Cologne sous une chaleur qui aurait fait suffoquer n'importe quel habitant des tropiques.

« Ça roule Huguette ? »

Sans manquer une minute de son programme à l'eau de rose, elle lâcha un pet aussi bruyant que malodorant avant d'ajouter « J'ai des gaz. »

Affalée dans son canapé, elle était vêtue d'une simple robe de chambre derrière laquelle je pouvais distinguer son sein droit et portait des bigoudis sur la tête. Ceux que j'avais posés il y a trois jours. Elle loucha sur son cigarillo comme si elle prenait soudain conscience qu'elle fumait. Il constituait comme une extension d'elle-même, une malformation un peu spéciale, un sixième doigt, qui sitôt qu'il disparaissait en fumée, devait laisser place au suivant au risque de causer un manque certain à son index et son majeur. « Je fais que de railler ! » dit-elle en cherchant son briquet à tâtons. Je lui ai suggéré d'arrêter de cloper, elle a tellement ri qu'elle a manqué de s'étouffer.

Puis, je lui ai suggéré de prendre une douche. Elle m'a suggéré de laver la vaisselle. Oui, mais je venais pour la douche. Oui, mais on était lundi et je revenais vendredi, elle n'était pas sale, elle avait mis de l'eau de Cologne, ça faisait pareil. Elle me demanda si je ne voulais pas plutôt l'accompagner à boire un petit apéritif. J'ai décliné l'offre. J'avais presque résolu mes soucis d'alcoolisme, et, même si ça n'avait pas été le cas, la consommation d'alcool était interdite sur le temps de travail.

« Ah, mais j'ai du cidre si vous voulez !
– C'est de l'alcool, Huguette…
– Le cidre, de l'alcool… Qu'est-ce qu'il ne faut pas entendre… C'est ni plus ni moins du jus de pomme qui a un peu fermenté. »

Et je me suis dirigée vers la cuisine en la laissant disserter sur le sens qu'elle donnait au mot « Alcool. »

Je l'entendais râler depuis la cuisine.

« Ah, nom de nom ! Mais tais-toi donc Plouf, trou du cul dégage ! Il est casse bonbon ce chien. M'enfin je l'aime bien. C'est mon petit compagnon. Lui manque que la parole ! Hein mon plouf y te manque que la parole ? Oh oui mon toutou. Allez maintenant dégage ! Casse-toi, je te dis ! »

Une forteresse de vaisselle pleine de nourriture atrophiée se dressait dans l'évier. J'ai déposé le produit à vaisselle dilué sur l'éponge quasi moisie et j'ai frotté jusqu'à ce qu'une odeur fétide s'invite dans mes narines. J'ai soulevé ma chaussure. Plouf avait chié sur le linoléum et j'avais marché dedans.

J'ai expiré et j'ai explosé un verre à pied.

« C'est quoi tout ce raffut que vous me faites dans la cuisine ? Tout va bien ?
– On ne peut mieux !
– Vous êtes sûre que vous ne voulez pas un verre ? Je

n'insiste pas ?

J'ai tâché de respirer par le ventre et l'exercice m'a exaspérée.

– Non. Non merci. »

J'ai nettoyé et je suis partie.

Josette

Josette était assise dans son fauteuil et portait une attelle à la jambe. Elle a minaudé et a soulevé le pied comme pour m'inviter à lui demander ce qui lui était arrivé. J'ai pensé *Quoi ? Le docteur a accepté de vous soigner ? Le col de votre chemise de nuit était donc suffisamment repassé ?* Mais j'ai exaucé ses vœux, et, avec un air préoccupé, je lui ai demandé ce qu'il s'était passé.

« Une chute toute bête dans les toilettes. Mais heureusement, la téléassistance était là ! »

C'est bien la première à me dire ça. En général, les anciens n'en veulent pas. Sans doute trop fiers à l'idée de porter ce gros bracelet peu esthétique, signe de décrépitude. Je lui ai dit qu'elle avait raison de le porter, que ses enfants devaient être rassurés. Elle a ri jaune. Sa fille ne lui a jamais préconisé quoi que ce soit. Elle l'a décidé de son propre chef. Au départ, ça m'a semblé bizarre, et puis ça m'est revenu. Sa fille n'était autre que cette femme cruelle que j'avais eue au téléphone. « Elle s'est loupée ? C'est un appel à l'aide. Quand on veut vraiment se suicider, on y arrive ! »

Je ne l'ai jamais dit à Josette, je ne lui dirai jamais, évidemment.

« Vous allez me donner un coup de main pour la toilette. Avec ce truc au pied, j'ai peur de glisser. Mais sachez que normalement, je n'ai pas besoin d'aide pour me laver ! »

J'ai acquiescé et l'ai invitée à prendre l'escalier élévateur.

« Et puis quoi encore ! Ce machin-là, c'était pour mon

mari, mais maintenant qu'il est mort il est inutile. De toute façon, il tombait en panne une fois sur deux ! Mais je ne vois pas qui pourrait me l'enlever. Personne ne me rend visite de toute façon. Venez, j'ai une salle d'eau au rez-de-chaussée. »

J'ai aidé Josette dans la douche et elle m'a demandé de cesser d'utiliser un ton aussi doucereux lorsque je lui parlais, ça la rendait folle, elle avait l'impression d'être une gamine. Je ruminais intérieurement, je voulais simplement être sympa, mais peut-être que j'en faisais trop après tout. Je me suis tue et j'ai exécuté ma tâche comme un robot.

À la fin de l'intervention, j'ai eu envie de lui faire un croche-patte pour l'immobiliser entièrement, tellement elle m'avait agacée. Mon portable avait sonné, l'intervention était terminée, sa douche effectuée, je devais y aller.

« Donc vous n'avez pas le temps d'essuyer ma vaisselle ? » Je lui ai dit que non, je n'avais pas le temps. Si je dépassais mon heure, elle allait payer davantage. Et puis après tout, elle en était capable. C'était sa jambe qui était blessée, pas ses mains. Elle baissa la tête, haussa les épaules.

« Vos collègues ont le temps de l'essuyer elles… Mais bon… Si vous devez partir, allez-y ! »

J'ai trouvé son comportement très étonnant, car malgré son timbre sec et ses propos culpabilisants, elle souriait en me caressant la main. Je lui ai indiqué que mes collègues devaient être plus expérimentées que moi et elle a soulevé les épaules.

« Bon. J'essuie ma vaisselle alors… Bon. D'accord.
— Si je dépasse l'heure, vous paierez plus cher…
— Vos collègues font tout en une heure… Elle leva son pouce, ma toilette, son index, la vaisselle, son majeur, elles l'essuient, avant de tendre ses paumes devant elle, parfois elles ont même du temps pour faire le lit, mais bon… Ce n'est pas grave… Je vais m'en arranger… »

Elle dirigea un verre vers la fenêtre pour déceler d'éventuelles taches avant de l'essuyer à nouveau.

« Une vaisselle essuyée, ce n'est quand même pas grand-chose... »

Très bien, la prochaine fois j'essuierai la vaisselle. Et je vous laisserai vous égoutter.

Puis elle posa le verre sur la paillasse et sourit, le regard atone.

« Enfin bon, tant pis. »

Un point pour Josette et son « tant pis ». J'ai regardé ma montre, j'avais terminé, mais j'ai bipé mon téléphone sur sa carte afin de signaler la fin de l'intervention, j'ai récupéré le torchon et j'ai essuyé sa vaisselle en porcelaine. J'ai travaillé gratuitement pour elle 10 minutes, mais c'était ma faute. Après tout, mes collègues y arrivaient, *elles*.

Je me suis surprise à penser, après pourtant des semaines de sevrage, que j'aurais dû accepter le jus de pomme fermenté qu'Huguette m'avait gentiment proposé.

8

3 mois avant le drame

Journal de Bérangère - 3 février 2022

Un petit homme bedonnant et trapu introduit des pizzas dans un four démesurément grand, un four immense au regard des pizzas prêtes pour la cuisson. Les poils de sa moustache épongent des gouttes de sauce tomate.

Le pizzaïolo ressemble à un drôle de zèbre dans son tablier tigré de rouge.

Une mélodie italienne ambiance le restaurant. Au-dessus des têtes, banderoles, drapeaux et lanternes égayent le ciel étoilé. Les Italiens parlent fort. Les amoureux attendent la pasta ou la pizza qui ravira leurs papilles. J'attends aussi. Je sens que ça va être mon tour, bientôt.

Une musique funèbre remplace les voix et la musique. Les clients, les serveurs, les cuisiniers, tous les individus autour de moi baissent la tête puis se figent pareils à des soldats synchronisés.

Quatre hommes en noir s'avancent d'un air solennel, déposent un cercueil sur l'étal du cuisinier. Le cuisinier époussette les restants de farine d'un coup de chiffon, se frotte les mains, remercie les quatre maigrichons puis ouvre le cercueil.

C'est ma sœur à l'intérieur. Le pizzaïolo se frotte les mains. Sourit sans les dents.

Il trempe un pinceau dans la sauce tomate au basilic,

maquille le cadavre comme s'il peignait avec un flow et une imagination débordante un tableau dont il serait sûr qu'il deviendrait un chef-d'œuvre. Il dépose quelques rondelles de mozzarella, découpe en lamelles deux ou trois champignons de paris à une vitesse que seuls les chefs maîtrisent. Quelques morceaux de jambon de parme, une pincée d'origan, le voilà ravi, il sourit.

Il glisse le cercueil sur une monstrueuse pelle et l'enfourne comme l'on enfournerait une vulgaire pizza.

Le cercueil s'embrase, les flammes s'élèvent. Crament le corps sans vie de ma petite sœur. Le volume de la musique italienne augmente, le rythme s'accélère, Giorgio danse. Il danse à un rythme frénétique avant de s'approcher d'une démarche chaloupée.

Je jurerais qu'il me nargue.

« Ce sera prêt dans 5 minutes »

Je fixe le four comme l'on fixe un âtre en hiver avec un regard méditatif, absent.

Soudain, le Ding.

La musique funèbre reprend et deux serveurs s'avancent. Synchros, ils portent un plateau. Dépourvus de visages, ils ressemblent à des Carambars sur pattes, longilignes et identiques. Ils déposent une urne sur la table.

« Votre commande » dit l'un tandis que l'autre me tend l'addition.

Et puis plus rien.

Cauchemar de cette nuit. Je n'en peux plus. Il faut que j'aille bosser, je reprendrai l'écriture ce soir.

*

« Ah, je suis désolée… La prochaine fois, je dirai non au monsieur. Non, je suis désolée, vous ne pouvez pas aller aux toilettes maintenant. Je pourrais vous y accompagner, c'est vrai… Mais vous comprendrez que ce n'est pas une heure pour aller chier… Vous, votre heure pour aller chier, c'est de 12 à 13, lorsque l'infirmière est là… Car c'est son rôle à elle de vous emmener aux toilettes… Donc vous serez gentil, vous patientez. Ou vous vous chiez dessus si vous préférez ? Moi, mon rôle, c'est de prendre les plats dans le frigo et de les réchauffer, vous comprenez ? Chacun son truc. Et si vous avez mal aux jambes et que vous avez besoin de vos bas de contention, je suis désolée, je vous dis, je suis trop idiote pour enfiler des chaussettes, moi, je ne suis qu'une aide-ménagère, moi je sais juste tourner le bouton du micro-ondes… »

Bravo Bérangère. Bon boulot. Dire ça devant l'infirmière. Pour une histoire de WC, en plus.

Top.

Top, top, top.

L'alcool promet de réveiller le pire ou le meilleur chez les individus qui le consomment. Je me demande si les autres alcooliques ont besoin d'en absorber une grande quantité pour obtenir les effets escomptés. Chez moi, il réveille le pire. Une énergie machiavélique, un lâcher prise immédiat. Et les effets sont inversement proportionnels à mon caractère habituel. Un verre alcoolisé et je passe de docile, coincée et gentille à indomptable, excentrique et vindicative.

C'est la faute de Huguette… J'avais mal dormi, j'étais fragile, et elle m'a poussée. Elle n'aurait jamais dû insister. Elle n'aurait pas dû me dire *ma pauvre fille, ce n'est rien le cidre*. Elle n'aurait pas dû me dire qu'elle avait 96 ans, qu'elle en buvait depuis l'âge de ses 6 ans, et que jusqu'à preuve du contraire elle n'était toujours pas morte. Et est-ce qu'elle avait l'air d'aller mal ? Non, elle n'avait pas l'air d'aller mal. Alors allez quoi, juste un petit.

Plus j'y pense, plus je me dis que ce doit être commun à beaucoup d'addicts. On décide d'arrêter de consommer, on tient un jour, deux jours, une semaine. On se remercie, on se réjouit, on se flatte, on exprime à la terre entière son courage et sa bravoure, avant de, quinze jours plus tard, retoucher à ladite drogue juste une fois, pour voir ce que ça fait.

Se passe-t-il la même chose dans la tête d'un meurtrier ? L'ancien criminel ayant purgé sa peine, enfin libre ; commet-il un dernier meurtre en sortant de prison, juste une fois, pour voir ce que ça fait ?

Bon, que je me console, je n'ai pas commis de crime, j'ai simplement accompagné Huguette dans son alcoolisme, ce n'est pas si grave après tout.

Personne n'est parfait Laeticia.

(Note rétrospective : Avec du recul, je peux affirmer que c'était grave. Sans doute la pire idée que j'ai eue.)

9

Gladys

Journal de Lucien - 3 février 2022

« Alors mon p'tit monsieur, on a fini de manger ? Est-ce que c'était bon ? »

Satanée infirmière. Je ne peux plus la voir, elle aussi.

J'ai pensé que oui, j'avais bien mangé, mais que j'avais besoin d'aide pour mon rototo maintenant.

Elle a demandé à l'aide-ménagère si elle m'avait donné assez de verres d'eau. Ils m'ont remis celle de l'autre coup. La Bérangère en question. Qui note mes états d'âme et la grosseur de mes cacas sur le cahier. J'ai pourtant appelé le bureau qui gère ces filles-là, par deux fois ! J'avais dit que j'en voulais plus de celle-ci. J'ai pas dû gueuler assez fort.

L'infirmière a demandé tout bas à l'aide-ménagère si je buvais assez d'eau. Et au bout du compte, elle a demandé tout haut « Est-ce qu'on boit suffisamment d'eau mon petit monsieur ? Hein ? Dites-moi, est-ce qu'on s'hydrate assez ? C'est important de bien boire ! Vous savez bien ce que j'en pense ? Oui, vous savez, oui, oui… Ce n'est pas une punition, c'est pour votre santé ! Les petites personnes comme vous doivent impérativement veiller à s'hydrater. Mettez un petit peu de sirop de grenadine si ça peut vous aider… »

Elle décomposait chacune des syllabes comme si vieux rimait avec gogol. Bon sang, en écrivant ça, je me dis que ce n'est pas possible. Que ça doit ressembler à une saynète de sketch. C'est trop non ? Ginette, je te le donne en mille, elle me parle comme ça, comme si j'étais sa poupée de chiffon.

Merde quoi, je pourrais être son père.

Non seulement, je ne trouve plus toujours mes mots, non seulement, j'ai besoin d'aide pour les choses les plus élémentaires de la vie mais en plus on me regarde et on me traite avec mépris. J'ai eu envie de lui dire que j'étais de ce monde avant elle, qu'elle n'était pas obligée de me parler comme à un môme, j'ai eu envie de lui dire que moi aussi j'ai haussé les sourcils devant mes aînés il y a de ça quarante ans, que je n'ai pas toujours été cette créature dépendante, que moi aussi j'ai vécu avant de survivre. Mais je n'ai rien dit, mon regard s'en est chargé. J'aurais dû enlever mes machins aux oreilles, j'ai pas pensé, tiens dis donc.

Mon petit monsieur. C'est quelque chose que t'as loupé Gigi. Tu n'as pas eu le temps de devenir une petite dame. Passé un certain âge, nous ne sommes plus des messieurs, dames, nous devenons les p'tits messieurs et p'tites dames de nos interlocuteurs. Nous leur appartenons.

Je ne sais pas pourquoi on s'adresse à moi comme à un gosse, avec cette voix mielleuse en ajoutant « petit » devant chaque chose... Est-ce commun à tous les vieux ? Est-ce parce que je suis tout tassé, que j'ai rapetissé ? Ou ajoute-t-on l'adjectif petit parce qu'il ne nous reste plus qu'un petit bout de vie à vivre ? Une sorte de préparation avant la mort ? Ou est-ce une sorte de pitié ?

À propos de pitié... L'infirmière voulait m'emmener faire un « petit » tour aux waters. Elle a dit ça avec un air réjoui, fallait voir ! J'ai pensé oui, allons faire un petit tour aux waters pour faire un gros caca.

Tu te souviens quand j'étais jeune ? J'étais fier de courir des marathons. Je courais 40 kilomètres pour garder la forme, mais pour le dépassement surtout. Aujourd'hui, je marche 20 mètres. 20 mètres pour garder la forme, mais pour aller chier surtout. Bon sang, il n'y a pas plus humiliant que d'être accompagné aux waters… Mais passons, c'était fait, j'étais déjà allé avec l'aide-ménagère il y avait de ça, une demi-heure. L'autre Bérangère qui époussetait je ne sais quel bibelot a hoché la tête pour valider ce que je disais.

« Normalement, il y va après le déjeuner avec moi. » a beuglé l'infirmière. Faut croire qu'elle en était fière !

Et puis ce fut le crêpage de chignons, ah pour une fois, c'était intéressant, il y avait de l'action, comme dit l'autre !

L'infirmière a dit à l'aide-ménagère de faire attention le prochain coup, que chacun devait veiller à garder son rôle… Que c'est comme l'autre coup, quand elle m'avait enfilé mes bas de contention, ce n'était pas son rôle… Je me suis avancé vers les deux grognasses, je leur ai dit de ne surtout pas se battre pour m'emmener aux waters. Que c'était trop d'honneur, que non franchement ça me mettait dans l'embarras.

Ah, vraiment, c'était divertissant pour une fois !

Elles m'ont toutes deux regardé et ont entamé un concours de regard. Et là, je fus choqué d'entendre ce que j'ai entendu. Bérangère l'aide-ménagère a dit qu'elle était désolée. Que la prochaine fois elle me dirait non, non ce n'est pas une heure pour aller chier. Que l'heure pour aller chier, c'était de 12 à 13 quand l'infirmière était là. Que fallait que je patiente ou que je me fasse dessus. Qu'elle, son rôle, c'était de prendre les plats dans le frigo et de les réchauffer…

Ah, elle avait du répondant ! Elle ne s'arrêtait plus, bon sang, je ne l'avais jamais vue dans un état pareil… J'ai bien cru que les yeux de l'infirmière allaient sortir de leurs orbites, elle était là, immobile, la bouche ouverte, complètement sonnée !

Elle n'est peut-être pas si mal cette Bérangère… Je dois dire que ce coup-ci elle m'a bien plu.

L'infirmière est partie sans demander son reste, elle a claqué la porte derrière elle. Et une ou deux minutes après,

Docteur Laverton est arrivé. J'en ai du monde qui s'occupe de moi… Il est rentré comme ça. Sans sonner, sans frapper, sans dire un mot. Bérangère était encore en rogne, elle a aboyé « Vous ne frappez pas avant d'entrer vous ? » Il a répondu qu'il était le médecin, Docteur Laverton et il a installé tout son fricot dans la petite chambre près du couloir. « Ah, vous êtes le médecin… » qu'elle a dit en rigolant dans sa barbe. Et elle a fait une sorte de révérence en disant pas bien haut mais suffisamment pour que j'entende quand même « Pardonnez-moi grand Seigneur… »

Je lui ai dit qu'il avait ses petites habitudes, que c'était comme ça qu'il fonctionnait, quoi. Elle a dit « Ah oui, d'accord » l'air pas bien convaincu et elle s'est baissée pour ramasser la poussière. Il y a toujours quelques petites miettes qui ne veulent pas rentrer dans la pelle, j'ai beau lui dire que je n'en ai rien à cirer, Dieu sait pourquoi ça l'énerve.

Le Doc m'a demandé de le suivre et on s'est rendus tous deux dans la petite chambre. Tu verrais les grands airs qu'il se donne lui aussi, faut voir ! Bon sang, ce n'est pas parce qu'on a été longtemps dans les écoles et qu'on a fait les grandes études qu'il faut péter plus haut que son cul non plus. M'enfin.

Comme je suis douloureux, il m'a demandé de faire deux trois mouvements et il a décrété que c'était psychosomatique.

« Les douleurs vont et viennent, c'est comme ça… » qu'il a dit. Et sur ces belles paroles, je lui ai signé un chèque de 23 euros au salaud. Et puis on a convenu du prochain rendez-vous, enfin, il a convenu du prochain rendez-vous. Il a regardé son agenda sur son téléphone portable (va comprendre tous ces engins-là, toi) et m'a donné la date de la prochaine consultation. Jeudi en 8, à 16 heures. Il ne m'a pas demandé si ça me convenait. Je suis vieux, alors j'ai que ça à faire, d'aller aux rendez-vous des uns, des autres.

Qu'est-ce qu'il m'énerve lui aussi.

Sitôt qu'il est parti, Bérangère a arrêté le plumeau une minute et l'a regardé s'éloigner par la baie vitrée. Elle a refait une sorte de révérence, son torchon a valdingué un peu. Je me suis dit que je l'avais peut-être jugée un peu vite. Peut-être bien qu'on avait des points communs tous les deux. Alors, j'ai pensé faire la paix et je lui ai tendu la main. Je lui ai dit que je m'appelais Lucien.

Elle savait déjà comment je m'appelais.

Pour une fois que je fais le premier pas, bon sang, ça m'a retourné. Je lui ai dit que mon parrain avait eu neuf filleuls et qu'il les avait tous appelés Lucien. Il ne s'est pas foulé que j'ai dit, il y en a qu'ont de l'inspiration. On a beau dire… Aujourd'hui on nous invente de ces prénoms mais faut dire que dans le temps, ils en avaient de ces idées aussi… Enfin, ça fait une anecdote à raconter. Je la raconte dès que je ne sais pas quoi dire. Je la raconte souvent quoi. C'est censé faire causer un peu mais elle n'était pas très bavarde.

Je lui ai demandé si elle était de la région, si elle avait de la famille dans le coin. À chaque fois, elle répondait non. Elle a cessé un instant d'agiter son plumeau et a plongé ses yeux dans les miens. « Non. Je n'ai pas d'enfants, pas de frères, de sœurs, de grand-père, d'oncle, de tante, de parents, je n'ai qu'une seule amie. Et un chat. » Je lui ai dit que j'étais désolé.

Comme j'en avais ras le bol d'être enfermé, je lui ai proposé de prendre l'air. Elle a regardé sa montre, elle a posé son plumeau et elle a accepté, elle avait encore une bonne demi-heure devant elle et elle m'a proposé de faire un petit tour dans l'allée du lotissement. Dans le lotissement ! J'ai ri de bon cœur. Pourquoi pas un tour autour du synthétique tant qu'on y est ?

Elle était d'accord pour le terrain de foot, elle n'avait pas saisi le cynisme et j'ai proposé le lac St Jean. J'ai proposé de passer par le cimetière, comme j'y passe tous les jours, ça faisait une pierre deux coups. Elle a fait une drôle de tête. Elle semblait hésiter.

« Ma parole, vous préférez un tour du terrain de foot ? » j'ai demandé. Et elle a fini par accepter d'aller au lac.

Ce n'est pas si mal d'écrire en fin de compte. Ça occupe.

10

2 mois avant le drame

Journal de Bérangère - 8 mars 2022

Lucien

Ginette repose dans la même allée que mes parents et ma petite sœur. Souvent, lorsqu'on se balade dans le cimetière, Lucien essaie d'en savoir davantage à leurs sujets, sur la relation qu'on entretenait, mais à chaque fois, je reste muette. Je sais qu'il le respecte.

Nous nous sommes promenés pour la dixième fois tous les deux. On passe d'abord par le cimetière et il dépose un bouquet sur la tombe de sa femme. Les myosotis sont ses fleurs préférées.

Il m'a raconté la légende. Au Moyen Age, un chevalier et sa dame se seraient promenés le long d'une rivière. En cueillant un myosotis pour sa dulcinée, le chevalier aurait perdu l'équilibre à cause de son armure et serait tombé dans l'eau. En se noyant, il aurait tendu le myosotis à sa bien-aimée en criant « Ne m'oublie pas ! » Apparemment, cette fleur symbolise l'amour éternel.

Je ne le pensais pas si romantique.

Il insiste toujours pour se balader, alors je me dépêche de nettoyer le plus gros et ensuite, nous partons au lac observer les oiseaux. La première fois, il m'a tendu ses jumelles « Même le plus myope de vos clients verrait quelque chose là-dedans, regardez voir ! » Je lui ai indiqué la marque et la référence des jumelles, il était épaté et cette passion commune nous a rapprochés. Ce n'était pourtant pas gagné. Jamais je n'aurais pu imaginer lier une telle amitié avec ce vieillard d'ordinaire si renfrogné.

Aujourd'hui, nous nous sommes promenés en silence. Un court instant, Lucien a fermé les yeux et a dirigé son visage vers le soleil comme un tournesol affamé de photosynthèse. Ses yeux souriaient, son visage rayonnait, du reste il ne grommelait plus.

J'ai oublié de regarder l'heure. D'habitude, je sens toujours lorsqu'une intervention touche à sa fin tellement j'ai hâte de débaucher. J'avais laissé mon téléphone chez lui et l'intervention était terminée depuis dix minutes déjà. À notre retour, sa fille attendait devant la porte, bras croisés. Une vraie mitraillette à questions. Elle a demandé où on était, pourquoi je n'avais pas fait le ménage, ce qu'on manigançait. Et, plutôt que de lui demander si elle était de la police, j'ai bafouillé quelques excuses. Heureusement, Lucien m'a aidée. Il voulait se balader, le ménage pouvait bien attendre. Et ce fut l'escalade de reproches. Ça m'arrangeait bien de me balader plutôt que de nettoyer, il y avait quand même des priorités, il ne fallait pas tout le temps céder aux lubies de son père. Puis la dispute s'est transformée en véritable querelle intestine à laquelle je ne voulais pas être mêlée, mais à laquelle j'ai assistée quand même, immobile et un peu cruche.

Lucien a obtenu gains de causes avec son argument « Tu n'as pas à décider de ma vie » suivi du très fameux « C'est comme ça » un peu bateau certes, mais imparable lorsqu'il s'agit de mettre fin à un débat.

Puis, il s'est tourné vers moi l'air bravache, a affiché un demi-sourire et a levé la lunette de ses jumelles comme s'il levait un verre pour porter un toast. Je lui ai adressé un clin d'œil, il a voulu me le renvoyer et a cligné les deux yeux. J'ai étouffé un rire, il a d'abord grommelé, *mrmmmm mrrrmm*, puis a fini par se marrer.

Josette

Sa fille est passée la voir. Elle n'a pas étreint sa mère, ne l'a pas embrassée non plus, même pas de salut. Tout juste un « à un de ces jours » marmonné entre ses dents cariées. Elle m'a demandé qui j'étais avant de prendre la porte.
« Ah oui… L'aide à domicile… »
Grimace, soupir, haussement de sourcils, dépit dans la voix.
– Vous faites ça en attendant ?
– De quoi ?
– Aide à domicile, vous faites ça en attendant ?
– En attendant quoi ? »
Elle a bafouillé quelques mots « Ben… En attendant quoi… » avant de me tapoter l'épaule et d'ajouter que c'est bien c'est bien, il en faut, hein. Elle a ajouté « Il faut de tout pour faire un monde » et j'ai eu envie de l'étriper.
Une fois sa débile de fille partie, Josette a pointé le plumeau et les chiffons avec son index tordu « Un peu de poussière, ça ne fera pas de mal ! » Je préférais lorsqu'elle était plâtrée et que je devais l'aider à se laver. Je déteste dépoussiérer ses bibelots.
Assise devant sa coiffeuse, Josette observait son reflet dans le miroir.
« Comment me trouvez-vous mademoiselle ? »
Elle a rigolé quand j'ai répondu que je la trouvais bien conservée. Conservée… Elle n'était pas un haricot ! Ce que je voulais dire, c'est qu'elle était bien pour son âge.
Elle a froncé les sourcils et je ne savais plus quoi dire.
Tout était prétexte à polémique. Elle n'avait pas tort. Vous

ne faites pas votre âge, vous êtes bien conservée, tout ça, ça ne voulait rien dire. C'est comme si, pour chaque âge, il existait un visage type auquel on pouvait se comparer, un témoin universel pour se situer. Comme si chaque nouvelle année marquait l'apparition d'une nouvelle ride, d'un nouveau cheveu blanc, d'un nouveau bourrelet ou d'un demi-centimètre de lobe d'oreille supplémentaire.

Elle ne voyait dans ce miroir qu'une sorte de créature mythologique, mi-iguane, mi-bouledogue, mi-chauve-souris. J'ai exagéré mes traits devant la glace pour lui souligner mon étonnement. Elle a tiré sur ses bajoues « Là, c'est le bouledogue » puis sur son sous-mentonnier « Voici l'iguane » avant de plier ses bras en l'air comme si elle soupesait des haltères imaginaires. « Bouloum bouloum bouloum » murmura-t-elle en les agitant « Voici mes ailes de chauve-souris. C'est ça de devenir une personne âgée… Bon sang, qu'est-ce que j'aimerais être à votre place ! »

Comme j'étais gênée, j'ai changé de sujet. Je lui ai demandé si sa fille lui rendait souvent visite et je loupe souvent de belles occasions de me taire.

« Quand elle a besoin de quelque chose, ça arrive. Là, elle est venue m'emprunter de l'argent et m'annoncer qu'elle ne viendra pas pour Noël. Son père est mort et elle me laisse seule. Avez-vous vu comment elle me remercie ? Vous ne savez pas le pire ma petite ? C'est que je devrais être reconnaissante, car elle vient quand même de temps en temps me rendre visite. Et toutes les personnes âgées n'ont pas cette chance. Je ne suis plus une personne d'ailleurs. Ni une mère. Je suis une personne âgée. De toute façon, je suis habituée comme ça. Dès qu'elle m'appelle, je suis contente, je me dis, ah c'est bien, ma fille vient aux nouvelles et dès que je raccroche, je suis triste, alors comme ça… »

Je crois qu'elle avait besoin de parler et j'ai échangé mon chiffon contre une tasse de thé. En buvant notre boisson, nous avons rempli des petits sachets en tissu avec de la lavande. Josette se passionne des fleurs sauvages, de leurs odeurs et leurs vertus. Elle a beaucoup lu là-dessus. Elle aurait voulu être herboriste, mais ses parents n'ont pas voulu. « Tu seras couturière comme ta mère. »

Nous avons discuté et, si jusqu'ici cette vieille dame me sortait par les trous de nez, pour une fois, je l'ai comprise, j'ai même un peu pleuré en écoutant ses histoires.

Jacques

« Où êtes-vous Jacques ? » Il a crié « Je suis là ! » J'ai demandé « Où ça là ? » Il a répondu « Ici ! » J'ai crié « Ici où ? » Il a hurlé « Ici là ! » Et je l'ai trouvé *ici là,* dans la petite chambre, comme il l'appelle, assis sur son fauteuil, les pieds vissés sur une sorte de pédalo. Sa télé en sourdine affichait des paysages de steppes, son vieux poste poussiéreux diffusait des chants d'oiseaux et des sons de cascade. Le chauffage était réglé au maximum.

« Je parcours l'Europe à vélo mais sans les températures frisquettes, une petite brise, tout au plus ! » Il pointa du doigt son ventilateur. Sans ôter les yeux de la télévision, il m'indiqua un vélo d'appartement du siècle dernier. À bientôt 90 ans, Jacques a toujours une pêche d'enfer.

J'ai enlevé mon manteau et j'ai pédalé son antiquité. D'une main, il a attrapé un panier en osier sur lequel trônait une serviette à carreaux et m'indiqua que dans vingt minutes c'était pause pique-nique, il avait préparé un en-cas.

Le vieil homme affichait une mine affable. Je lui ai demandé son secret. Comment faisait-il pour sembler aussi serein ?

« Je vis » répondit-il, avec la candeur qui le caractérise. Et il mordit généreusement dans son sandwich.

Puis, je lui ai déclaré mon amour. J'adorais venir chez lui, ça me faisait plaisir de voir des personnes âgées heureuses. Il arqua un sourcil, l'air étonné. Et alors que je lui expliquais que beaucoup de seniors étaient tristes, pessimistes, seuls, malades ; il s'essuya la bouche du revers de la main, pointa l'index en l'air et demanda la bouche pleine « Mmm... Avez-vous essayé de leur chatouiller le nombril ? »

(Note rétrospective : Voyez comme parfois, j'aime ce que je fais.)

11

Hugo

C'est les vacances scolaires.

Moi, en général, presque tout le temps, j'aime bien les vacances scolaires.

Sauf que là, je vais devoir travailler chez un vieux papy pour mon exposé parce que Béran a dit que elle, elle avait pas le temps de m'aider. Papa est d'accord pour que j'y aille parce qu'il a la paix quand je suis pas dans ses pattes.

Moi je trouve que c'est nul mais on me demande pas mon avis. Je peux te le dire à toi : j'ai pas du tout mais alors pas du tout envie d'aller chez ce vieux papy que je connais d'abord même pas.

Béran m'a montré à quel arrêt de bus descendre pour aller chez le vieux papy, et on est allés boire l'apéritif pour faire les présentations. Moi je trouve que ça faisait un peu tôt pour boire l'apéritif vu qu'il était même pas 5 heures et demie de l'après-midi. Lucien a dit qu'il y avait pas d'heure pour boire un petit apéritif anisé mais moi je pense plutôt que c'était l'heure de manger des tartines. Béran a dit non merci à l'apéritif anisé et ça a rendu le vieux papy très ronchon, je le sais car il avait une drôle de tête et qu'il faisait des bruits d'ours : mrmmmr mmrmmm. Même qu'il avait de gros sourcils très fournis en poils qui lui tombaient dans ses yeux, mais je trouve que ça lui allait très bien.

Moi je sais pourquoi Béran a pas voulu d'apéritif anisé. C'est parce qu'elle était alcoolique avant et je crois qu'elle essaye de se retenir pour faire attention à sa santé qui est ni très bonne ni très mauvaise mais quand même franchement pas terrible.

La maîtresse a dit de faire un exposé sur ce qu'on voulait. Je trouve qu'elle s'est pas foulée. Et quand le papy a demandé si j'avais une idée d'exposé, je lui ai dit que j'aimais bien la nature comme en règle générale presque tous les gens qui sont dans la lune et qui ont pas les pieds trop sur la terre, et que, du coup, j'avais imaginé faire un exposé sur un animal de mon choix. D'un coup, le vieux papy qui avait une tête de ronchon car Béran voulait pas d'alcool anisé, s'est transformé, pour devenir une tête lumineuse et il a rigolé très fort.

On a cherché des idées d'exposés et il m'a demandé si je connaissais un martin-pêcheur. J'ai pas compris le rapport. Oui, je connais le Martin de ma classe de l'école de Saint-Pierre-de-Rotouilly-les-Bains, là où je vais à l'école, mais c'est pas un pêcheur. Enfin, je crois pas. Il a rigolé.

Ché pas pourquoi.

Ça m'a fait peur car j'ai cru qu'il allait s'étouffer alors Béran lui a mis des petites tapes dans le dos en lui tendant un verre d'eau.

Gladys

Journal de Lucien - 15 avril 2022

J'ai une tête de maître d'école, franchement ? Elle m'a vu ou quoi ? Je ne sais pas où elle est allée dégoter cette idée-là m'enfin, je dois dire que ça m'a vexé. Cette fois, elle ne me traite pas comme un gamin, elle veut m'en présenter un… Sous prétexte qu'il aurait besoin d'aide pour la classe. Je vois bien le tableau ! Sa proposition là… C'est parce qu'elle doit penser que je m'ennuie. Alors, elle me trouve des petites activités pour m'occuper. Ça doit partir d'un bon sentiment, mais allons bon, c'est humiliant quoi. Si elle m'avait demandé mon avis encore… Est-ce que ça vous intéresse d'aider un petit môme dans le besoin ? Je ne dis pas… Mais penses-tu ! Des quetsches oui. Tout était prêt ! Elle a tout réglé la gamine… Comme d'habitude.

C'est vrai que j'ai râlé, j'y suis peut-être allé un peu fort à ce propos. Mais nom de nom, quelle langue ils comprennent eux autres ? Le chinois, je ne le parle pas encore.

Mais comme d'habitude, je me suis repenti, j'ai dit oui. Parce que ça l'a vexée la grande. Il y avait qu'à voir sa tête. Quand je l'ai vue, je lui ai dit, si je te dis oui, ce n'est pas parce que tu l'as décidé. Je lui ai dit, si je te dis oui, c'est pour te faire plaisir.

J'ai menti Gigi. Si je dis oui, c'est parce que j'ai enfin trouvé une aide à domicile que j'apprécie dis donc. Je crois même que je peux dire que c'est une amie.

Alors, sitôt mon quart d'heure de sieste terminé, un petit gamin est arrivé, le nez sur un jeu vidéo. Il a sorti un semblant de bonjour, et Béran lui a donné un coup de coude. Ah, la politesse de nos jours, ce n'est plus ce que c'était… Est-ce que je viens d'écrire une phrase de vieux con ? Eh merde, je crois bien que je viens d'écrire une phrase de vieux con. Hugo a dit que s'il ne finissait pas son niveau, il allait tout perdre. Tout ! Il a répété en grognant. « C'est comme un travail. On peut pas arrêter quand on veut. »

Finalement, je suis content. Ce ne sera pas si mal de passer du temps avec ce petit bonhomme. Ça me rappellera mon jeune temps, comme dit l'autre.

La nuit, dans mes rêves, je retrouve l'âge de mes 30 ans et

je sursaute sitôt que j'allume la lampe de chevet et que je vois mes dents flotter dans leur gobelet.

Bérangère, non Béran, c'est Béran qu'il faut l'appeler, elle n'aime pas son prénom, tout comme elle n'aime pas qu'on la nomme aide-ménagère ou bonne à tout faire. Je la comprends, tu me diras. Béran n'a pas voulu d'apéritif, même pas de jus de raisin, même pas de madeleine, rien. Elle ne va pas me coûter cher... Ça m'a vexé, je dois bien l'avouer.

Le petit bonhomme nous a bien fait rigoler. Elle m'a fait un clin d'œil que j'ai décidé de ne pas lui rendre ce coup-ci.

Ça m'a fait du bien ce petit apéritif sans apéritif. Elle est quand même sympa. Quand elle est avec moi, je n'ai plus d'idées morbides. Je ne pense plus à mourir comme avant. Et Gladys est contente parce que j'ai meilleure mine. Chacun y trouve son compte.

J'aimerais bien l'avoir avec moi en permanence, cette petite. Qu'elle arrête d'aller voir les autres vieux dont elle s'occupe et qu'elle reste avec moi. Tout le temps. Je lui ai dit d'ailleurs, sur le ton de l'humour bien sûr. Elle m'a dit que c'était impossible. Bien sûr, je sais que c'est impossible.

N'empêche que j'aimerais bien.

*

Il est amoureux ou quoi ? Ça me dégoûte. Mais non, n'importe quoi, il l'aime bien, c'est tout, mon père n'est pas un pervers dégueulasse, non ce n'est pas un pervers dégueulasse, c'est une amie rien de plus. Oh, je vais vomir.

12

3 jours avant le drame

Journal de Bérangère - 3 mai 2022

Bureau

« Partisane du moindre effort ! Elle, elle arrive chez les personnes aidées, elle s'assoit, elle cause. Ou alors elle part en balade… Parait même qu'elle ferait du vélo d'appart chez Jacques, alors c'est pour te dire… Ah, il y en a qui ne se mène pas dur hein ! Et c'est qui qui se tape le boulot derrière ? Toujours les mêmes… J'vois pas pourquoi y en a qui seraient payées à discuter et d'autres à travailler ! Non mais tu vois ce que je veux dire… Moi si c'est ça, je vais me foutre en arrêt ça va être vite f… Tiens, salut Bérangère ça va ? »

Grillée Josiane. J'aurais voulu trouver une réplique de l'enfer, j'aurais voulu lui fermer son clapet, mais le seul truc qui est sorti de ma bouche, c'est un « Super et toi ? » un peu coincé et dès que je me suis éloignée, je les ai entendues glousser.

Daniel

Quand il n'a pas encore avalé ses médicaments, Daniel n'a aucune force et je peine à le sortir de son lit. D'autant plus qu'il pèse 86 kg et moi 50.

Lorsque j'ai commencé le métier, trois collègues m'ont expliqué. La première m'a dit « Faut surtout que tu préserves ton dos. Normalement, si tu mets ta main là et ton bras ici, ça vient tout seul. » La deuxième m'a dit « Faut pas que tu hésites à lui demander de t'aider. Il peut le faire, ce n'est pas à nous de faire tout le travail… Hein Monsieur il faut que vous nous aidiez, vous êtes lourd quand même ! » La troisième m'a dit « Je n'ai pas vraiment de technique, tu fais comme tu peux de toute façon. »

Aujourd'hui j'ai réussi après douze tentatives. En général, j'applique les trois conseils. Je pense d'abord à ma posture, ensuite je l'implore de m'aider, souvent, je finis comme je peux.

Ce matin, j'ai simplement imploré et forcé.

Je lui ai enfilé sa robe de chambre et l'ai dirigé vers la cuisine. En attendant que son lait chauffe et pour gagner du temps, je me suis dépêchée de vider le seau de son pot de chambre dans les toilettes. « Ça vient ? » criait Daniel, affamé. Mes gestes étaient si vifs que des gouttes de son pot de chambre m'ont explosé au visage. « J'ai faim ! » Je me suis essuyé le visage avec ma manche avant d'étaler la moitié du gel douche sur ma joue et Marie-Christine m'a téléphoné pendant que je frottais ma joue comme une forcenée. « Je vois que vous êtes en train de faire du rab chez Monsieur Galopin, je peux savoir pourquoi ? » *Parce que j'ai de la merde plein le visage Marie-Christine ! T'as d'autres questions ?* ai-je eu envie de répondre mais j'ai dit « Un contretemps, je pars bientôt. » J'ai raccroché et me suis essuyé la joue avec une serviette. « Bon, ça vient ? » criait Daniel.

J'ai posé son petit-déjeuner en face de lui. Il râlait. Ce n'était pas le bon couteau. Ce n'était pas la bonne serviette, ce n'était pas la bonne confiture, il manquait le beurre et les gaufrettes, son courrier n'était pas là. « Ça commence mal… » a-t-il dit en soulevant les sourcils. Et d'ajouter « Non, ça va pas le faire… » J'ai sorti le bon couteau, la bonne serviette, la bonne confiture, ses putains de gaufrette et sa foutue publicité pour tout courrier. Son regard blasé m'a donné une soudaine envie de l'étrangler.

Josette

« Ce que je veux dire par là, c'est que les ordures comme ça là… » Elle pointait une plantule dans le gravier avec sa canne « Ça mérite quand même d'être tiré, non ? On ne respecte même plus les familles de nos jours, ils veulent passer au zéro photo dans les cimetières non mais franchement, c'est de l'ordure ! On se demande ce que fait la commune bon sang, je me demande qui commande les agents municipaux, tous des fainéants de toute façon ! Mais enfin on paye des impôts non ? Alors on a le droit de récolter les fruits de nos pépètes ! »

Alors que je songeais intérieurement que c'est mon poing dans sa vieille caboche qu'elle finirait par récolter si elle continuait à râler, j'ai vu Jacques au loin, tête baissée. Il semblait dormir.

Josette a pointé sa canne vers un homme en disant « Regardez celui-là, là-bas près du caveau où les fleurs sont toutes fanées, il ne paye pas de mine… Pas étonnant qu'il soit toujours célibataire ! » Je lui ai dit de parler moins fort et je pouvais déceler dans l'expression de son visage un certain étonnement ponctué d'une légère exaspération. Je l'ai regardée et j'ai cru lire dans ses pensées. *Que diable faut-il dire de plus pour que tu daignes réagir à mes propos ?*

« Je vous dis, il finira vieux gars. » *Quoi ? Vieux gars ? aurais-je dû répondre, scandalisée.* Mais je me contentais de la regarder sans ciller tandis que son regard fixe implorait. *Allez ! Partage ta haine ! Crache ton venin avec moi !* Alors, balançait-elle une nouvelle information qu'elle espérait, j'en suis sûre, plus croustillante, gestes et mimiques à l'appui. Mais plus je m'abstenais de répondre, plus fort elle parlait, plus vite ses paumes s'écrasaient contre ses cuisses et plus son index tordu qu'elle levait devant son visage tremblait.

Comme je ne réagissais pas, elle changea de sujet. « Avez-vous pensé aux enfants ? Il serait temps à votre âge… » Nous nous approchions de plus en plus de Jacques qui semblait bel et bien endormi tandis que Josette chantonnait « Tic-tac, tic-tac… Vous savez… Si vous attendez trop longtemps… » *Et que je ne suis pas une de tes putains de Danettes aux fruits avec une date de péremption sur le cul, tu le sais ça aussi ?* ai-je répondu *in petto* en lâchant son bras pour me diriger vers Jacques et le secouer. Il était assis sur un banc face à la tombe de sa femme, il avait perdu connaissance, mais je pouvais distinguer une faible pulsation sur son poignet.

Josette criait, hystérique. C'était son intervention, je devais m'occuper d'elle et pas de Jacques. J'ai ressenti une soudaine envie de la pousser dans le caveau d'à côté, de reboucher le trou avec les graviers et de fleurir sa tombe de mauvaises herbes. Mais je n'ai pas répondu et j'ai appelé les secours. Ils ont emmené Jacques et j'ai dû continuer ma journée, inquiète et impuissante tandis que Josette me racontait ses déboires. Sa fille ne l'aimait pas, sa fille ne venait jamais lui rendre visite, sa fille ne s'intéressait à elle que pour son argent. À ce moment, je n'avais que faire de ses petits problèmes familiaux, et je l'ai raccompagnée chez elle en lui donnant l'horaire de la prochaine intervention.

Sur mon vélo, j'ai pleuré. Je pensais à Jacques. Je ne sais toujours pas s'il s'en est sorti, personne ne m'a redit. J'ai tâché de respirer, ça m'a énervée, mais au moins, j'ai résisté à l'envie de m'arrêter chez Huguette.

Mauricette et Joseph

« Elle a bien travaillé, elle veut un café ? »

J'ai nettoyé la maison de Mauricette et Joseph avec l'image de Jacques sur son brancard.

Poussières, aspirateur, serpillière, plan de travail, douche, toilettes, lavabos, frigo. Il m'a fallu un peu plus de deux heures pour tout nettoyer. Il a fallu moins d'une minute à Joseph pour tout salir en rentrant avec ses bottes boueuses, une pelle sur l'épaule.

« C'est bon, j'ai creusé le trou ! On va pouvoir enterrer tes chemisiers Maman ! Je vais prendre un cache-nez, sans ça, je vais attraper une saloperie, le fond de l'air est frais… »

Trouve-le vite ton putain de cache-nez et barre-toi vite fait ou je te jure que ce ne sont pas les chemisiers de Mauricette qui vont finir dans le trou que tu as gentiment creusé.

13

Gladys

Journal de Lucien - 4 mai 2022

Je me souviens quand tu boudais Ginette, je n'avais pas intérêt à venir me frotter à toi. J'avais beau le savoir, je ne pouvais pas m'empêcher de venir en rajouter une couche. Ah, j'étais mauvais ! J'avais bien dans l'esprit qu'il aurait fallu attendre que tu te calmes, qu'il aurait fallu attendre que la tempête s'éloigne, mais c'était plus fort que moi. Sitôt qu'on se disputait, sitôt que tu commençais ton boudin, fallait que je vienne t'emmerder un peu plus. Eh bien, j'ai fait pareil. L'autre coup, Gladys m'a énervé, on s'est disputés à propos de la cave dans laquelle elle m'a interdit d'aller mais où je vais quand même. Au lieu de la laisser dire, je l'ai piquée bien comme il fallait. Alors, penses-tu, elle a pris ses cliques et ses claques. Je voulais la suivre pour continuer de cracher mon venin mais elle était déjà rendue dans l'auto. Ça m'a retourné le bide et j'ai rendu tout mon petit-déjeuner, j'ai retapissé le mur. Béran est arrivée deux ou trois minutes plus tard. Pauvre fille ! C'est elle qui a tout pris à la place de Gladys. Je l'ai envoyée paître. La pauvre n'avait pourtant rien demandé. Ses mains tremblaient tant que j'ai bien cru qu'elle allait m'étriper. Au lieu de ça, elle est partie. Je n'aurais pas dû lui parler comme ça mais je ne sais pas comment me contrôler. Je me crois tout permis quand j'aime les gens, je ne sais pas faire autrement.

14

Deux jours avant le drame

Journal de Bérangère - 4 mai 2022

Le ménage de confort chez Mr et Mme Boutillé débutait à 8h et je n'avais pas les yeux en face des trous. J'ai encore très mal dormi cette nuit.

J'ai résisté à l'envie de shooter dans leur maudit chat qui ne cessait de miauler lorsque j'ai découvert ma liste de tâches sur la table basse. « Poussières, vider le lave-vaisselle, nettoyer la salle de bains, nettoyer la cuisine, nettoyer les WC, passer l'aspirateur, passer la serpillière, laver les carreaux. La prochaine intervention, veuillez faire pareil. Lessiver les portes-fenêtres, nettoyer les prises et les abat-jours serait un plus. » J'ai pensé *ben voyons, toujours plus !*

Et j'ai répondu. « Bonjour. La prochaine intervention, veuillez écrire une liste de tâches d'entretien courant. Écrire bonjour et merci serait un plus. » Et je suis partie.

J'ai emprunté un raccourci pour me rendre chez Lucien et je suis passée devant chez Huguette. Je mourrais d'envie de m'arrêter et si mon cerveau et ma raison me dictaient non, mes mains ont malgré tout dirigé le guidon vers sa maison. J'ai bu un petit verre de cidre pour me donner du courage.

(Note rétrospective : C'est fascinant cette utilisation systématique de l'adjectif « petit » pour minimiser les effets.

Le verre n'était pas petit. En réalité, j'ai dû en boire trois. Ou quatre. Et ce n'était pas du cidre.)

Lucien

J'ai dit bonjour à Lucien d'une façon trop enjouée. Pour reprendre ses mots, mon timbre de voix d'institutrice pour minot de trois ans, faisait saigner ses oreilles. J'ai babillé « Qu'est-ce qu'elle a ma voix, elle ne vous plaît pas ? » Je ne sais pas pourquoi, j'ai emprunté une voix d'enfant de 5 ans. J'imagine mon visage. Mes yeux devenant aussi globuleux et luisants que des œufs mollets, mes sourcils prenant la forme d'accents circonflexes, ma bouche se déformant en cul-de-poule. « Maîtresse en maternelle ? » ai-je dit avec cette même voix empruntée en prenant un gant mouillé pour nettoyer son visage. Et il m'a imitée « Bon-jouuur mon p'tit mon-sieuuur ! Pourquoi faut-il que vous les soignants, vous les aidants, vous les enfants, vous tous au fait ! Vous preniez ce genre de voix de gogol pour nous parler à nous autres, les vieux ? »
Je n'ai rien dit et je suis partie.

(Note rétrospective : Je m'en veux de l'avoir laissé dans son vomi.)

Alain et Annick

Ils m'ont fatiguée. De toute façon, c'est simple, ils se chamaillent à longueur de journée. Ils ont fait durer leur mariage même si leur couple battait de l'aile « Le divorce ? Quand j'ai appris que ça existait, nom de nom, mon sang n'a fait qu'un tour ! » ne cesse de dire Alain. Depuis peu, ils ne s'entendent plus, littéralement. Quand l'un parvient à trouver le courage de s'adresser à l'autre, il répond « Comment ? » elle répond « Quoi ? Qu'est-ce que tu dis ? »

Annick est tellement envahie par sa colère que j'en récolte tous les fruits. Elle me criait dessus pendant que je me battais avec leurs draps, leurs couvertures, leurs traversins, leurs oreillers, leurs protections urinaires et leurs bouillottes. « V'nez aider ! V'nez aider ! » Le tout formait un boudin indémêlable à l'odeur douteuse. « V'nez, nom de nom ! » Bientôt, ils crieront « Au pied ! » et nous nous précipiterons, moi et mon balai dans le cul.

Et, alors que j'accourais, le traversin sous l'aisselle, des mèches de cheveux dans les yeux et des auréoles dignes d'un marathonien sous le t-shirt, je l'ai entendue murmurer « Nom de nom, mais qu'est-ce qu'elle fait donc ?! Qu'est-ce qu'elle est molasse ! » Mes mains tremblaient et il me semble avoir lâché un « Quoi ? » exaspéré.

Assise en face de la table, Annick mastiquait sa bouchée de couscous avec autant de classe qu'une vache ruminant de l'herbe dans un pré. « Oufrez ma main ! » dit-elle en me postillonnant de la semoule sur le visage. Je ne comprenais pas ce qu'elle attendait de moi. Elle me tendait la main et répétait « Ouvrez moi la main, enfin ! » J'ai froncé les sourcils et son mari m'a aidée. Je devais lui ouvrir la main pour qu'elle puisse caler son yaourt à l'intérieur, je devais l'aider, sa main était paralysée. Je me suis exécutée. Délicatement au départ, car je craignais lui faire mal.

Alain m'observait dans ma tâche en mangeant sa compote. Il raclait bruyamment le pot et lapait la cuillère en donnant de petits coups de langue tel un vieux matou assoiffé. Il raclait, lapait, raclait, lapait, avant de dévoiler toute sa langue, de lécher le couvercle, de lécher les moindres recoins du pot, *slllrpp*, et de crier « N'hésitez pas à tirer dessus ! » Annick tapa son poing sur la table. « Nom de nom, mais tirez dessus ! Elle est morte t'façon ! » Elle criait si fort qu'une giboulée de raisins secs fouetta mon visage. J'ai tiré à nouveau. « Qu'elle est gourde ! » J'ai tiré plus fort encore et sa main s'est ouverte. Le mari tapait à rythme régulier sa fourchette et son couteau sur la table en chantant « Ti-rez, tirez ! » Mon t-shirt était trempé et dans un excès de rage, j'ai poussé l'assiette de la table et elle a explosé sur le carrelage. Je ne sais pas pourquoi ensuite j'ai regardé Alain et j'ai dit « Vous commencez à me plaire ! » Son visage s'est empourpré et il m'a répondu « Moi aussi. » J'ai pensé qu'il se fichait de moi, mais c'était loin de tout ce que je pouvais imaginer.

Il a baissé la tête, l'a relevée et a annoncé timidement en me regardant dans les yeux « Vous aussi. Vous aussi vous me plaisez. » Sa femme l'a fouetté avec un torchon et a renversé le yaourt que j'avais calé dans sa main paralysée.

Je les ai laissés dans leur bordel mais ils ne m'ont pas laissé le choix. Si je restais, je lui mettais la tête dans son yaourt pour le lui faire gober.

Hervé

« Fa va, fous y arrifer ? » a demandé Hervé alors que je versais son repas dans le mixeur. Je me suis tournée vers lui. Il ne se moquait pas de moi... Il semblait très sérieux... *Va-t-elle y arriver cette foutue aide-ménagère ? Arrivera-t-elle à brancher un mixeur dans une prise, parviendra-t-elle à appuyer sur le bouton ON ?*

— Oui, moi réufir à appuyer fur boupon. Moi aide ménavère, mais moi pas enfièrement dépile... ai-je répondu avant de presser le bouton ON.

Je pédalais pour me rendre chez Hector, j'ai levé mon visage pour capter un rayon de soleil, j'ai fermé les yeux une demi-seconde et j'ai perdu l'équilibre, je suis tombée. Mon menton saignait, ma joue aussi. Mon pauvre vélo a reçu de nombreux coups de pied et des gouttes de pluie se sont faufilées sous mon écharpe. Je suis remontée dessus. Le crachin s'est ensuite transformé en grosse giboulée. Mes genoux étaient recouverts de boue, mes cheveux mouillés, mes vêtements trempés, ma joue ensanglantée, je n'en pouvais plus, je n'avais plus de jus et comme je suis passée devant un café, je me suis arrêtée et j'ai bu un verre.

(Note rétrospective : Entendez, j'en ai bu plusieurs.)

Hector

En ouvrant la porte, Hector m'a regardée avec un air monacal et m'a dit « Vous sentez l'alcool. » Je l'ai regardé avec un air diabolique et j'ai répondu « Vous sentez la merde. »
Et, alors qu'il articulait des mots qui ne sortaient pas de sa bouche, j'ai craché dans son potage. Son *potache*, comme il dit. J'ai visualisé mes bronches, je suis allée y trouver quelques glaviots coincés et j'ai imité ses techniques d'expectoration. *Rrrrr ppppfffit.*
« Vous n'aviez plus de crème fraîche… » ai-je dit en lui tendant son bol. Et, alors qu'il maugréait que nom de nom, ça n'allait pas se passer comme ça, qu'il allait appeler mes cheffes et que j'allais voir ce que j'allais voir ; j'ai approché la poêle brûlante du détecteur de fumée et j'ai attendu que l'alarme se déclenche.
Il a bouché ses oreilles tandis que je lui faisais coucou en fermant la porte d'entrée derrière moi. Pauvre Hector qui souffre de misophonie et d'acouphènes, je me demande combien de temps il a supporté le son de l'alarme avant qu'un voisin lui vienne en aide.

Jean-Pierre et Gisèle

Je n'avais encore jamais rencontré Jean-Pierre et Gisèle jusqu'à aujourd'hui. Quand la dame a demandé qui j'étais, j'ai frotté mes mains entre elles et j'ai murmuré dans son oreille « Une tueuse en série qui tue que les vieux cons… » La vieille femme a joint ses mains en guise de microphone et a hurlé « Jean-Pierre ! 17 ! 17 ! Appelle le 17 ! Il y a une tueuse en série qui tue que les vieux cons sur le perron ! »

J'ai bousculé Gisèle, je me suis rendue dans leur cuisine, et, alors que je fouillais tous les tiroirs à la recherche de la carte pour badger, ledit Jean-Pierre a poussé un meuble derrière la porte. J'ai frappé sur la porte mais c'était trop tard. J'entendais le halètement rauque de Jean-Pierre qui criait « Venez vite, il y a une meurtrière dans notre cuisine ! »

Dix minutes plus tard, je devais m'expliquer auprès du même policier qui avait retiré mon permis. Il ne m'a pas fallu longtemps pour lui prouver qu'il s'agissait d'une mauvaise plaisanterie de ma part. Il lui a fallu longtemps pour rassurer les vieillards.

Ils devaient le croire, j'étais inoffensive. Tout juste un peu cinglée.

Josette

J'ai eu l'impression que Josette cherchait à m'hypnotiser. Son regard naviguait d'un œil à l'autre alternativement. Elle m'exposait sa solitude, la mine fanée. Ma fille ceci, ma fille cela, je vous en prie, plaignez-moi.

Je sais différencier une profonde tristesse d'une feinte complainte. Son laïus était argumenté, c'est vrai. Il portait une idée simple, elle était triste, elle était seule, elle en avait ras le bol, mais il y avait ce je-ne-sais-quoi dans son regard, dans sa voix et dans ses mots qui sonnaient faux. Comme des fausses notes dans un morceau.

Quant à moi, j'étais enragée, j'étais bourrée et j'ai acquiescé. Oui, elle avait raison. Sa fille ceci, sa fille cela. Sa mort la laisserait même indifférente. Et je lui ai raconté. La tentative de suicide de Lucien. Lorsque j'ai voulu prévenir sa fille et que je me suis trompée de fiche de contact. Et ce qu'elle m'avait dit au téléphone. *C'est juste un appel à l'aide, quand on veut réussir, on y arrive, la prévenir en cas de décès pour les démarches.*

Je lui ai donné de bonnes raisons de chouiner, et cette fois, je dois dire que ça sonnait juste. Sa main tremblait sur sa canne. Elle serrait la mâchoire et les lèvres comme si elle cherchait à empêcher sa bouche de m'insulter. Jusqu'à exploser « De toute façon... de toute façon... votre ménage n'est ni fait ni à faire ! » Il fallait que je nettoie sa douche, ou sinon, ou sinon, ou sinon...

Elle donna de petits coups de canne sur le carrelage puis me tourna le dos.

Il était inutile de trouver des menaces car je me suis exécutée non sans plaisir à nettoyer son siphon de douche. C'est vrai qu'il était gris... J'ai récuré les moindres recoins moisis avec sa brosse à dents et je dois dire que pour une fois, je m'en suis donnée à cœur joie.

Une fois le siphon propre, j'ai rincé sa brosse à dents sous un large filet d'eau et je l'ai remise à sa place. Dans son pot, à côté du dentifrice.

« Vous avez bien frotté cette fois ? Parce que figurez-vous que la moisissure me dégoûte ! » J'ai souri, j'ai caressé l'arrière de sa nuque et j'ai dit d'un air contrit « Je sais ma petite dame... » avant de murmurer à son oreille « Il n'a jamais été aussi propre. »

Daniel

« Bon ! Alors ! Vous avez terminé ou quoi ? » répétait Daniel déculotté, les fesses en arrière, les mains vissées sur les barres, de part et d'autre des WC. « Non, je fais au plus vite ! » répondais-je en balançant les feuilles souillées dans la cuvette. Des gouttes de sueur perlaient sur mes tempes, mes mains tremblaient sur le rouleau. Je ravalais mon vomi, j'avais des relents de whisky.

Il tourna la tête avec peine, toujours agrippé aux barres latérales. « Vous n'allez pas m'en laisser dedans quand même ? Dépêchez-vous, je ne tiens plus ! Et arrêtez donc de tirer sur ce rouleau de papier toilettes, enfin ! »

Il s'agissait d'un papier triple épaisseur extra-doux pour les fesses, il n'était pas donné, il fallait l'économiser.

J'ai posé ma main sur ses cheveux, je n'ai jamais ressenti une telle envie de lui plonger la tête dans la cuvette. J'ai murmuré à son oreille « L'économiser pourquoi ? Vous comptez tapisser votre cercueil de PQ ? » Il n'a pas répondu. Sa bouche s'est légèrement entrouverte, ses mains devenaient blanches à force de serrer les barres.

« Maintenant, penchez-vous ou je vous laisse comme ça. »
Il n'a plus bronché.

J'ai ensuite ôté ses chaussettes de contention. Ses pieds sentaient comme un étal de saucissons ayant passé trop de temps au soleil et j'ai couru aux toilettes pour vomir.

Je me suis rincé la bouche, puis ce fut le rituel du coucher : un Carambar, trois Mnm's, 4 crocodiles, la télé sur la six, le volume à 24, ni plus ni moins, une bouteille d'eau près du lit, la peluche, le déambulateur, un peu plus à gauche, un peu plus à droite, comme ça, non comme ça, comme ça, là. Le déambulateur a fini à l'autre extrémité de la pièce. Les bonbons par-dessus.

Je me suis demandé pourquoi mon téléphone n'avait pas

encore sonné. Et j'ai réalisé que je l'avais oublié chez Josette. Tant pis, je suis partie, ma journée finie.

15

La veille du drame

Journal de Bérangère - 5 mai 2022

Marie-Christine m'a convoquée à 8 heures ce matin. J'ai pensé que j'étais foutue, qu'elle allait me virer mais elle a d'abord cherché à connaître ma version des faits. Les personnes aidées disaient-elles vrai ? Avais-je fait croire à Monsieur et Madame Bourgeois que j'étais une tueuse de vieux cons en série, avais-je craché dans le potage de Monsieur Ouselin, déclenché intentionnellement son alarme incendie, privé Monsieur Gino de son déambulateur ?

Si seulement il y avait que ça Marie-Christine, j'ai pensé. J'ai aussi laissé Lucien dans son vomi, nettoyé le siphon de Josette avec sa brosse à dents, j'ai ri des problèmes d'élocution d'Hervé, mais visiblement, ils ne t'ont pas appelée.

J'ai affiché un air contrit tandis qu'elle maugréait que, bon sang, en 23 ans de carrière, on ne lui avait encore jamais fait ça. Et Dieu sait qu'elle en avait vu passer des aides à domiciles. Des fainéantes, des râleuses, des malades imaginaires, mais allons bon, jamais de comme moi. Je dépassais tout ce qu'elle pouvait imaginer.

Et pourtant elle ne m'a pas virée. Elle peine déjà à embaucher... Comme dirait Annick, ils embauchent de tout là-dedans, *de tout*, même des hommes, alors voyez ! En revanche, ils se méfient des trop diplômés, on se demande pourquoi ils veulent exercer un tel métier.

« Nous sommes d'accord pour vous laisser une chance Bérangère, mais à une condition… » a dit Marie-Christine en levant son index. Je dois lui fournir une lettre d'un psychologue agréé confirmant mon aptitude psychologique à travailler avec les personnes âgées, sans cela c'est la mise à pied.

Le jour du drame

Journal de Bérangère - 6 mai 2022

Je suis passée au bureau, j'avais quelques informations à demander à Marie-Christine. En l'attendant, j'écoutais les personnes âgées discuter à l'accueil. « La famille a dû vider la maison, la maison, oui, oui, la cuisine, le salon, le grenier, tout quoi, ça n'a pas été une partie de plaisir... À ce qu'il paraît, il entassait, il entassait, fallait le voir le foutoir... Ne me demandez pas ce qu'ils vont faire de tout ce fricot... » disait une mamie tandis que sa copine répondait qu'elle était allée lui rendre visite au funérarium. Il était déjà prêt, beau comme un camion, les croque-morts avaient fait du beau boulot, ils l'avaient bien maquillé. Oui, on ne pouvait pas dire, c'était bien lui. Et sa copine de répondre qu'elle ne pouvait pas se rendre aux funérailles. « Tenez. Prenez cette carte de visite. »

Je n'ai pas pu m'empêcher de leur demander de qui elles parlaient.

« Monsieur Faludo qui habitait avenue des rossignols, à droite après le stop, à deux pas de l'épicerie de dépannage ! »

Jacques.

Jacques était mort et pendant ce temps-là Marie-Christine courait dans les couloirs. Elle criait dans son oreillette « C'est cela Madame Bourgeois, allez je dois vous laisser Madame Bourgeois, c'est ça oui, au revoir Madame Bourgeois. » Je l'ai stoppée avec mon bras. « Jacques est... » Elle a hoché la tête, a lâché un « Oui » sans sentiment et s'est dirigée vers le bureau pour farfouiller, avec de grands gestes désimpliqués, dans une pile de dossiers.

Mes jambes tremblaient et je me suis assise tandis que la vieille pie opinait du chef. Ses yeux brillaient de malice à l'idée de me raconter comment Jacques avait lâché son dernier souffle. Sa copine dodelinait de la tête en compassion. Eh oui, ma pauvre, il est mort le pauvre Jacques. Mais consolez-vous, ils l'ont bien maquillé, c'est bien lui.

J'ai fondu en larmes et j'entends encore les mots de Marie-Christine résonner dans ma tête. « C'est typiquement ce que je vous disais hier… Vous ne pouvez pas devenir amie avec certains anciens au point de vous mettre dans des états pareils lorsqu'ils décèdent et cracher dans la soupe de ceux qui ne vous reviennent pas… Il faut mettre une barrière entre vous et les personnes aidées… Vous devez mettre de la distance… C'est impératif dans ce boulot… Vous ne devez ni vous attacher, ni détester… Contentez-vous simplement de faire ce qu'on vous demande. »

Et elle a penché la tête en me donnant une petite tape qui se voulait certainement réconfortante mais qui s'est avérée résolument fallacieuse. Je ne sais pas ce qui m'est arrivé ensuite, je n'avais pourtant rien bu depuis la veille, mais mon balai a soudainement glissé de mon cul et je lui ai demandé si elle se foutait de ma gueule en tapant ma paume sur mon crâne à plusieurs reprises.

Il fallait qu'elle comprenne. Que s'il y avait bien une chose d'intéressante dans ce boulot c'était de nouer une relation avec les personnes âgées, que si elle pensait que ça m'excitait d'être une bonne petite ménagère, que si elle pensait que j'aimais ça nettoyer le caca, que si elle pensait que c'était une vraie folie que de nettoyer des zizis flétris, que si elle pensait que passer la serpillière et récurer les siphons étaient pour moi de véritables passions, alors elle se mettait le doigt dans l'œil.

Marie-Christine a emprunté son timbre de voix de petite secrétaire de merde et arboré le meilleur de ses airs outrés de merde « Je vous demande pardon ? » Je lui ai dit tu sais quoi

Marie-Christine, je n'en ai rien à faire de tes conseils à deux balles. Et tout ça se passait à l'accueil sous les regards exorbités des mémés outrées. Je suis alors devenue hystérique et ça a diverti davantage mon public. Je lui ai dit Marie-Christine, je ne suis pas ton clébard, je lui ai dit Marie-Christine, tu me fais chier, tu comprends ça ? Tu-me-fais-chier !

Une mamie a posé ses mains sur ses hanches et s'est exclamée « Eh bien, avec ça, la messe est dite ! »

Et j'ai claqué la porte.

*

Il faudrait tout ramasser. C'est ce que ferait une personne normalement constituée. Elle prendrait un balai, elle prendrait une pelle, elle ramasserait. Et poubelle. Enfin, une personne normalement constituée n'aurait pas pété une pile comme je l'ai fait. Une personne normalement constituée n'aurait pas déchiré ses travaux d'écriture dans son salon comme une cinglée.

Je n'ai pas envie de ramasser. Je ne veux plus jamais rien nettoyer. Ça va rester là. Au point où j'en suis.

Bon, c'est acté.

J'arrête.

Je vais récupérer mon téléphone. Je vais le mettre dans la boîte aux lettres. Abandon de poste.

Inutile de déposer un préavis, j'arrête tout de suite et on n'en parle plus, c'est fini, je n'en peux plus.

Si seulement j'avais encore mon permis…

L'avantage, au moins, c'est que je peux boire un petit coup. Allez, je m'en bois un petit vite fait, et j'y vais.

16

Gladys

Journal de Lucien - 6 mai 2022

Je commençais à l'apprécier, je commençais à remonter la pente et voilà qu'ils me changent d'aide à domicile. On s'occupait bien tous les deux… On allait se promener… Je rangeais mes affaires, je lavais la vaisselle avant qu'elle n'arrive pour l'avancer… Sitôt qu'elle arrivait, elle nettoyait, astiquait vite fait, ça durait un bon quart d'heure, jamais plus. Histoire de cacher la misère, histoire que Gladys me fiche la paix. Et ni une ni deux, on partait se promener. Et voilà que l'agence me met une autre aide à domicile. La pauvre nouvelle a été accueillie… Elle ne savait même pas ce qu'était un myosotis ! Elle m'a dit que si c'était de la nourriture asiatique, elle n'en avait jamais mangé. Ah, je te jure ma Ginette, je me demande ce qu'on leur apprend aux gosses de nos jours. Eh merde, encore une phrase de vieux cons. Bon, passons.

Sitôt qu'elle est partie, j'ai pris le combiné, j'ai composé le numéro de l'agence qui administre ces filles-là. Bon sang, dès que j'entends la voix de la fille à l'accueil, ça me donne envie de rendre. Elle prend une voix de fausset et elle en fait des caisses.

Je lui ai dit, hein, je lui ai dit, c'est Bérangère ou personne d'autre.

Paraîtrait que Béran a quitté l'agence. J'ose difficilement y croire. Si elle avait cessé son métier, j'ose penser qu'elle m'aurait prévenu avant. Elle ne me laisserait pas sans nouvelles… Ce n'est pas son genre.

Comme je n'étais pas commode au téléphone, la secrétaire a fini par monter dans les tours. Ils auraient retrouvé le téléphone professionnel de Béran dans la boîte aux lettres ce matin. Et ça constituerait ni plus ni moins qu'un abandon de poste. Tu parles d'une affaire toi ! Elle a dit qu'elle reviendrait plus travailler, et bon débarras. Maintenant, c'est Mila qui viendrait et si je n'étais pas content, je n'avais qu'à changer de prestataire. Elle n'est pas bonne vendeuse, elle m'a raccroché au nez, dis donc.

Mila est revenue ce soir, pour le souper. J'ai pris sur moi car elle m'a aidé à écrire un message pour Béran, sur mon téléphone. Les touches sont trop petites pour mes gros doigts. Je lui ai dicté « Tout va bien ? » Mila m'a répondu « Oui merci. » Quand je te dis qu'elle a pas inventé l'eau chaude !

Je lui ai dicté « As-tu démissionné ? J'aimerais beaucoup te revoir. Appelle-moi. Amicalement. » Elle a ri de moi quand j'ai dit « Amicalement. » Paraît que ça ne dit plus. Elle a fini par écrire « Appelle moi. »

J'espère que Béran n'a pas cessé son travail par ma faute.

Hugo

6 mai 2022

Ce midi j'ai mangé des frites avec Lucien.
Moi, j'aime bien louper la cantine. Même que là-bas il y a

une dame un peu boulotte qui crie toujours : enlevez vos manteaux, mettez-les sur le portemanteau, en rang, dépêchez-vous, chut, vous n'aurez pas le temps de manger !

Comme si ça nous changerait la vie à nous de pas avoir assez de temps pour manger à la cantine. D'abord, là-bas, ça sent comme un mélange de vomi et de carotte vichy : ça pue. Et Valérie elle nous crie tout le temps dessus, elle dit qu'elle supporte pas les cris, bah fallait pas faire ce métier Valérie, alors. Je lui ai dit, Valérie, t'as mal choisi. Elle m'a dit tais-toi et m'a tiré le bras, ça m'a fait mal au poignet, elle m'a dit qu'elle avait pas fait exprès.

Moi je préfère manger chez Lulu. Même si chez lui aussi ça pue. Ça sent comme le presbytère de la commune Saint-Pierre-de-Rotouilly-les-Bains, là où j'apprends la batterie. Mais c'est pas tout à fait grave parce qu'aujourd'hui on a mangé des frites et du jambon.

Je suis allé chercher les patates dans la cave. Et il m'a appris à les couper. Il dit que c'est de la bonne patate du potager. Mais il était triste, car il peut plus jardiner car il marche pas bien et en plus sa fille lui a interdit. On aurait dit qu'il voulait pleurer. Alors, j'ai mis mes bras autour de son cou, et je lui ai fait un bisou. Je lui ai dit, que, moi, je pourrais faire son jardin à sa place. Lui, il serait le cerveau, il m'explique, et moi je serais les jambes et les bras et je ferais ce qu'il dit. Comme ça, ce serait comme si il l'aurait fait tout seul.

Par contre, en revanche, en échange, il devrait me faire des frites une fois par semaine pour louper la cantine qui pue le vomi et la carotte vichy. C'est du troc.

Mon papa dit qu'on a rien sans rien. Que c'est comme ça. Que la vie ça marche comme ça. Lulu dit que je perds pas le Nord et on a mangé nos frites avec beaucoup de ketchup.

Ce qui est bien avec Lucien, c'est qu'il dit rien. Je peux mettre tout le ketchup que j'ai envie, mettre les coudes sur la table ou d'autres trucs comme ça, et il dit rien.

Après manger, j'ai commencé à enlever les assiettes de la table parce que Béran m'avait dit que je devais l'aider. Mais il m'a dit d'arrêter car il fallait laisser du travail pour l'aide-ménagère, et il voulait pas utiliser le temps qu'il lui reste à faire du ménage. Du coup, j'ai arrêté de débarrasser, mais je comprends pas quand il dit : le temps qu'il me reste. Je crois que ça veut dire le temps qu'il lui reste avant de devenir mort et j'espère que ça va pas arriver tout de suite, tout de suite, car j'ai très peur des gens qui deviennent morts.

Maman me rassure comme elle peut, elle dit qu'il y a que les personnes très très vieilles qui deviennent mortes. J'ai dit à maman : je comprends pas. La petite sœur de Béran, Lucie, elle était petite quand elle est devenue morte. Maman a changé de sujet.

J'ai peur car Lucien est pas encore très très vieux, mais il est au moins très vieux et j'espère très fort qu'il deviendra pas mort en ma présence.

L'autre jour, quand il faisait la sieste, il a arrêté de ronfler d'un coup. Je lui ai mis une petite tape sur le menton. Je lui ai dit : Lucien, tu dors ? Il m'a répondu : non je suis mort ! en rigolant et ensuite il a ouvert les yeux comme un hibou en toussant très fort.

En vrai, j'ai eu hyper peur. On a quand même bien rigolé à cause de sa blague. Mais quand même, je lui ai proposé de pas faire de sieste aujourd'hui pour pas revivre un truc pareil.

Il a dit : en route mauvaise troupe ! Et il m'a donné des jumelles et m'a montré comment qu'on fait pour regarder dedans. On marchait tranquillement et à un moment, il s'est énervé tout seul, ché pas pourquoi. Il est allé voir Cécile, une dame et il a dit : enlevez cette fichue boule de graisse de ce foutu chêne Cécile. Et ensuite, il m'a expliqué qu'il faut pas nourrir les oiseaux quand il fait pas froid. Parce que c'est pas bon pour eux. J'apprends plein de trucs avec Lulu. Et on est allé au lac. C'était trop beau ! Il a déplié une méga jumelle qui s'appelle longue-vue. Et on a regardé dedans sans parler.

Sauf un moment, il m'a demandé si j'avais vu Bérangère, il y a pas longtemps, récemment. Vu que maman est partie en long voyage de travail et que je peux même pas l'appeler et que je vis chez mon papa et que mon papa dit qu'il ne peut pas voir Béran, je risque pas de la voir.

Moi je pense qu'il peut la voir, mais je crois surtout qu'il veut pas la voir, et du coup il y a peu de chances que je la vois.

C'était un peu, légèrement bizarre la question de Lucien donc je lui ai demandé pourquoi. Il a dit, comme ça, pour causer, et il a froncé ses sourcils pour se donner un air ronchon, qu'il sait très bien faire, je trouve. Après, il avait l'air triste ou peut-être plutôt rêveur. Il m'a demandé de regarder sur son téléphone si il aurait pas reçu un message de la part de Béran, j'ai fait non de la tête et j'ai dit c'est pas grave car pas de nouvelles bonnes nouvelles Lulu.

Il a fait : mmrmm mmmrrm mmmmmrm.

17

Gladys

Journal de Lucien - 7 mai 2022

À quoi tu t'attendais mon pauvre Lucien ? A ce qu'elle t'écrive qu'elle avait arrêté son boulot, mais qu'elle comptait te revoir les jeudis de 3 à 5 pour une balade ornitho ? C'est ce à quoi tu t'attendais ?

L'espoir fait vivre, couillon.

J'aurais juste aimé qu'elle prévienne avant de démissionner. Qu'elle réponde à mon message au moins… Qu'elle m'en mette plein la figure si elle en ressentait le besoin… Tout, sauf ce silence, bon sang ! Ça m'apprendra, c'est le bon Dieu, qui me punit. Je l'ai envoyée paître alors qu'elle n'avait rien demandé. Si ça se trouve, ça l'a blessée. Si ça se trouve, c'est là que la coupe a débordé et qu'elle a décidé d'arrêter son métier. Peut-être qu'elle avait l'impression d'avoir trouvé un ami ? Si ça se trouve, c'est pour ça qu'elle ne travaille plus, elle est déçue, elle n'a pas apprécié que je lui gueule dessus ? Comment savoir ? J'ai juste besoin d'une réponse. À moins que ce soit la faute d'autres anciens ? Ou autre chose encore. Comment savoir ? Tiens, je pourrais peut-être me rendre au club ? Après tout, c'est ce que tu aurais voulu Gigi non ? « Faut que tu t'ouvres mon Lulu… Ne reste pas à t'enterrer dans ta solitude… Il faut voir du monde pour le moral, ça fait du bien ! » Tu me disais toujours ça. Et moi je ne voulais pas, car j'ai horreur des bonnes femmes qui cancanent. Mais ça pourrait peut-être me servir, ce coup-ci. Peut-être que ça m'aiderait à en savoir davantage ?

Hugo

C'est un drôle de nom : club du troisième âge, moi, je trouve, personnellement.

Lulu voulait que je l'accompagne là-bas.

Ché pas pourquoi. Il est grand. Enfin non, il est pas très grand mais il est vieux. Il aurait pu aller sans moi. C'est pas comme si il avait besoin que je l'emmène en voiture vu que j'ai pas le permis de conduire encore. J'ai hâte. En attendant, comme j'ai pas 18 ans et que j'ai pas de voiture, et que j'ai pas le permis de conduire, mes parents doivent m'emmener partout les mercredis et les samedis. Même que ça énerve mon père qui passe sa vie à faire la navette.

Je me demande qui emmène les papys mamies au club vu qu'on leur demande de plus conduire vu que c'est dangereux, vu que c'est des dangers publics.

Moi, je pense que Lucien avait peur de se retrouver tout seul comme Inès de mon école qui ose pas demander aux autres de jouer avec elle car elle a comme trait de personnalité la timidité.

Ou alors, Lucien a juste besoin d'un bras pour s'appuyer. Ché pas. Il a du mal à marcher sans sa canne. Quand je suis avec lui, je l'aide à se déplacer en lui tendant mon bras, même qu'il l'agrippe très très fort et que des fois je me retiens de dire Aïe. Le pire c'est dans les escaliers. Il peut pas les monter tout seul. Si il essaierait c'est sûr, il se casserait la margoulette. C'est pour ça que je suis essentiel pour lui. Il a besoin de mon bras pour monter dans le bus. Il a besoin de mon bras pour gravir des marches, il a besoin de moi tout court, quoi.

Je suis peut-être un peu rêveur, beaucoup impulsif et très têtu mais je suis aussi un garçon plutôt sympa, enfin je crois, c'est pour ça que je l'ai accompagné au club du troisième âge.

Je crois qu'il voulait aussi comprendre pourquoi Béran a arrêté son travail sans le dire, comme ça, pouf !

Au début, je savais pas quoi faire au club du troisième âge, du coup je jouais à ma console.

Il y a une mamie qui a regardé ma console et elle a dit : bon Dieu, ça m'épate. Et sa copine qui lui ressemblait comme deux gouttes d'eau, sauf qu'elle avait des poils sur le menton a dit à sa copine qu'elles s'étaient fait enfler en naissant en 1920. Et une autre a dit que c'est vrai que c'était pas juste. Même qu'elle avait une fille qui partageait les tâches ménagères avec son bonhomme, donc celui-là fallait le garder, que c'était avantageux de se mettre en couple avec ces nouvelles règles, que sans ça, c'était pas valable.

Comme j'ai rien compris à ce qu'elles disaient, je leur ai montré les touches de la console et je leur ai expliqué le but du jeu. Elles étaient toutes trop contentes sauf une qui disait que j'avais pas besoin de ce gadget-là, car autrefois, avant, dans le temps, les gamins s'amusaient avec une boîte de conserve et deux bouts de bois et qu'aujourd'hui c'est simple, on disait oui à tout, on était trop gâtés. Et elle a voulu continuer à râler mais la dame aux poils au menton a demandé si elle allait nous sortir le coup de l'orange dans la pantoufle à Noël et elle a demandé à Annick d'arrêter de faire sa rabat-joie. Elle a dit : faut vivre avec son temps. Et sa jumelle avec les poils au menton a répété : oui, arrêtez donc, et vivez avec son temps !

Elles s'amusaient tellement bien que je leur ai prêté ma console pour qu'elles jouent un peu.

Il y avait plein d'autres activités, il y avait un stand café, gâteaux, où les gens papotaient, un stand loto, jeu de cartes, scrabble et rami, et dehors il y avait des papys qui jouaient soit aux boules, soit au palet.

C'est bizarre ils se mélangeaient pas du tout. Il y avait les filles d'un côté, les garçons de l'autre. Nous, à l'école, on est très fortement encouragés à nous mélanger les sexes. Mais chez les vieux, c'est chacun de son côté. Comme si ils se comprenaient pas. Ché pas.

C'est dommage, je trouve, moi, personnellement.

Un moment, il y a une dame qu'a demandé si elle pourrait jouer avec les garçons aux boules. Et le monsieur, il a claqué deux boules dans ses mains et il a dit à Huguette que le tricot ça se passait dans la salle, même qu'après il a eu un rire un peu gras, il a lancé son palet et il a dit chapeau, y'a chapeau ! Il avait l'air d'être très très fier de lui-même.

Huguette était pas contente du tout, alors elle a ramassé une boule, elle a tiré dans le tas et la boule a atterri tout près du tout petit cochonnet. Elle a tout foutu en l'air ! Même qu'après, elle a regardé le monsieur et elle a dit : là ! As-tu vu ? Elle a levé son petit menton et elle a tendu son troisième doigt, le majeur. Tout le monde avait l'air très très choqué. Moi, j'ai levé mon deuxième doigt, l'index, pour prendre la parole et j'ai dit : vous êtes fortement encouragés à vous mélanger !

Huguette a tiré sur son chemisier, a levé son menton et puis elle m'a pris par la main. En rentrant dans la salle, elle a dit que si elle pourrait, elle leur couperait leurs grelots à ces satanés bonshommes. Ça les ferait redescendre d'un étage. Mais j'ai pas compris et elle a dit : t'occupes. Je crois que ça veut dire : laisse tomber.

Au repas du club, ils disaient des trucs bizarres. Ils rigolaient beaucoup, mais moi, je trouvais pas ça drôle. Rosalie a cru que c'était Noël à cause de leur assiette de dessert. Elle a dit de regarder cette grosse bûche dans leurs assiettes. Et ces deux grosses mandarines bien juteuses autour. Alain à côté lui a donné un petit coup de coude et il a dit qu'elle était coquine et après, il lui a dit que si elle aimait les grosses bûches ça pouvait s'arranger. J'ai pas trop compris ce qu'il voulait dire, mais j'ai bien vu qu'il faisait son crâneur un peu. Parce que Thibault, il fait un peu pareil quand il drague les filles à l'école. En tout cas, Rosalie, elle est devenue rouge comme son gilet sans manches et même qu'après elle a recoiffé ses bouclettes blanches qui lui vont très bien au teint.

Moi, je crois qu'elle est amoureuse.

Après je suis retourné voir Lulu et je lui ai dit que je ne comprenais pas la langue des anciens. Il a rigolé et il m'a dit de ne pas prêter attention à séniles de vieillard. Je lui ai demandé ce que c'était leurs niles de vieillard. Il a rigolé.

Ché pas pourquoi.

Et après il m'a dit : tais-toi.

Il écoutait des mamies qui avaient l'air toutes super à fond dans la discussion. Genre, il y en a une qui se dandinait sur sa chaise, on aurait dit une poule sur son œuf. Et elle a penché son corps gigantesque vers la table pour prendre une gaufrette. Ça se voit qu'elle hésitait avec les gâteaux au chocolat et à l'orange. Beurk.

Il y en a une qui se frottait les mains. Et les autres, elles penchaient la tête pour montrer qu'elles écoutaient très très attentivement la discussion.

Et il y en avait une qui avait presque des étoiles dans les yeux, comme quand on est tombé amoureux.

Alors j'ai écouté. Elles m'ont fait penser à mes copains de l'école quand ils forment un groupe et qu'ils disent des secrets sur un autre enfant sans qu'il est dans le groupe. Moi j'aime pas trop ça.

Il y en avait une autre qui s'appelle Georgette et qui avait l'air ailleurs. Elle avait l'air dans la dimension d'une autre planète. Je pense qu'elle a passé sa vie trop dans la lune. Ou alors elle a été obligée de passer la vie avec les pieds sur terre alors qu'elle aurait voulu être dans la lune et du coup en devenant vieille elle l'a rejoint. J'hésite entre ce que je pense mais, ce que j'ai appris c'est que Georgette était enfermée chez elle parce qu'elle a une maladie qui la rend complètement zinzin du ciboulot, et que du coup, elle oublie ses souvenirs.

Mais les anciens du club du troisième âge sont vraiment gentils avec elle, car ils la délivrent chaque mercredi après-midi pour lutter contre l'isolation des personnes âgées qui deviendront bientôt mortes, mais qui ont le droit d'avoir des amis quand même.

Georgette, elle voit des lutins la nuit, près de son lit.

Je lui ai parlé de toi, Ernest. Et comme elle a dit, on s'est bien entendus tous les deux.

*

Club du troisième âge

– Faut pas que je tarde trop ce soir !
– Boh ! On est en retraite, on a tout notre temps ! Qu'est-ce que vous avez de mieux à faire ?
– Mon aide-ménagère vient à 18h…
– Quelle fille on vous a donnée à vous ?
– Véronique.
– Véronique ?
– Véronique, je te dis !
– Ah celle-ci ?
– Qu'est-ce qu'elle est vilaine !
– Même à un singe, elle ferait peur !
– En attendant, son prénom vieillira bien…
– Moi, j'ai Ismaelle. Ah, celle-là au moins, pour sûr qu'elle est avantageuse !

– Ah oui oui ! Avec elle, c'est sûr que ça y va !
– Et qu'est-ce qu'elle est gentille…
– Pas comme Sandra !
– Bon sang, celle-ci s'habille si court que quand elle se penche pour essorer la serpillière, mon bonhomme lui voit jusque le fond de la culotte !
– Qu'est-ce que vous voulez, c'est de son âge.
– Moi je ne suis pas contente. Il y en a une que j'aimais bien et ils me l'ont enlevée, Bérangère elle s'appelait…
– Figurez-vous qu'elle ne travaille plus ici !
– À ce qu'on dit, elle n'avait pas le cœur assez accroché pour ce métier.
– Pas du tout ! Il paraît qu'elle se serait fâchée avec le bureau et que suite à ça, elle serait partie. C'est Germaine qui l'a vue l'autre jour. Elle a fait une esclandre à l'agence, de ce qu'elle a dit.
– Oui et elle serait partie de là sans même démissionner…
– Pensez-vous ! Elle est partie pour toucher les Assedics ou ça m'étonne !
– Les Assedics ?
– Abandon de poste = Licenciement pour faute grave, hop !
– Vous en connaissez des choses Yvette…
– Mon gendre est dans la ressource humaine.
– Ah de nos jours, on touche de l'argent facilement… Ce n'est pas dur de vivre aux frais de la princesse !
– Quand même ça m'étonne ! Une si brave petite…
– À ce qu'y paraît…
– Vous n'avez pas un peu fini avec vos cancans ? Non mais ! Tant que ça va, tant que c'est pire avec vous ! Arrêtez avec vos potins ! Chacun fait bien sa vie comme il l'organise.
– On dit que le quatorzième enfant d'une fratrie, son parrain sera président.
– Dites donc… Elle ne s'arrange pas avec le temps

Georgette…
– Rah mais laissez donc Georgette là où elle est. Elle ne sera pas toujours éternelle.

II

18

Bérangère

7 mai 2022

L'acuité d'un rêve se mesure-t-elle à la qualité du sommeil, à la douceur du matelas et des draps ? Un drap me couvre, un drap inhabituel aux odeurs d'huiles essentielles. On dirait de la flanelle.

J'ai chaud.

Ainsi font font font les petites marionnettes… Ainsi font font font trois petits tours et puis s'en vont… Cette comptine tourne en boucle dans ma tête.

Ça sent le vieux. Je peine à me réveiller, bercée par un cliquetis régulier, on dirait des aiguilles à tricoter. Suis-je au beau milieu d'un rêve lucide ? À moitié endormie, un peu réveillée pourtant. Des aiguilles à tricoter, de la flanelle, une odeur de vieux... Ces anciens me poursuivent jusque dans mes rêves.

J'ouvre les yeux.

« On a bien dormi ? »

Je tourne la tête sur la gauche, ouvre les yeux et les referme, les ouvre et les referme. Est-ce bien réel ?

Je cligne des yeux à nouveau.

Josette est assise à côté du lit dans un fauteuil en velours vert sapin. Elle tricote.

« Qu'est-ce que je fais là ? »

Cinq bébés chauves aux immenses yeux vitreux et des

dizaines de poupées aux cheveux tressés me scrutent depuis l'étagère murale. Les franges de leurs robes dégoulinent sur la tapisserie fleurie. Ils chantent. *Ainsi font font font les petites marionnettes... Ainsi font font font trois petits tours et puis s'en vont...* « Taisez-vous ! » Ils devraient s'en aller. « Faites vos petits tours et dégagez ! » Ma bouche est sèche, mon cœur cogne dans ma poitrine, j'ai l'impression que mon buste tout entier va exploser. *Ainsi font font font les petites marionnettes, ainsi font font font...* « La ferme ! » Mes jambes ne réagissent pas aux commandes de mon cerveau, mes bras non plus. Mon corps est happé par le matelas qui m'avale. J'ai l'impression qu'il est mort, enseveli sous l'épaisse couverture en laine. « Qu'est-ce que je fais là ? » Josette tricote à toute vitesse, concentrée, sans me regarder. Les battements de mon cœur s'accélèrent, me donnent l'impression d'être proche de l'arrêt cardiaque. Je me sens nerveuse, j'ai besoin de courir, de marcher pour me calmer, mais il m'est impossible de bouger, impossible de me lever, mes muscles sont morts, atrophiés, comme des ballons qu'on aurait dégonflés.

Ainsi font font font les petites marionnettes...

La pièce se rétrécit puis s'agrandit, s'agrandit, se rétrécit, j'ai l'impression qu'elle va m'écraser, m'aplatir comme une crêpe. Les gros bébés en couche-culotte et les poupées endimanchées se rapprochent de mon visage, chantent de plus en plus vite, de plus en plus fort aussi. Je voudrais me faufiler sous la couverture en laine mais je n'ai aucune force. Les draps sont si serrés, si bien bordés que j'ai l'impression qu'ils vont m'étouffer.

*

J'ai halluciné avant de me rendormir, épuisée. Les murs de

la chambre ne m'écrasent plus, les baigneurs restent à leurs places.

« Josette, qu'est-ce que je fais là ? Et… Et pourquoi je ne peux pas me lever ? »

Elle fixe son tricot, un sourire se dessine sur ses lèvres.

« Josette ! »

Elle dodeline la tête de gauche à droite comme si elle répétait dans sa tête : un point à l'envers, un point à l'endroit, un point à l'envers, un point à l'endroit.

« Répondez-moi ! »

Elle pose son ouvrage, me dévoile son visage.

– Tu t'es évanouie hier, alors je me suis occupée de toi…
Reprend son tricot.

À son explication laconique, elle aurait presque pu ajouter « tout simplement. » Comme si c'était normal. Comme si c'était la chose à faire. Tu t'es évanouie, tu aurais pu crever, mais moi, grand-mère de 87 ans, je me suis occupée de toi, ne me remercie pas.

– Et vous, quand quelqu'un s'évanouit, vous n'appelez pas les secours… Vous couchez la personne et vous jouez les infirmières, vous êtes cinglée ?

Elle lâche son aiguille, chasse une mouche invisible d'un revers de main.

– Les secours ? Aujourd'hui, on appelle les secours pour un oui ou pour un non, comment crois-tu qu'on faisait avant ? Nous dans le temps…

Je n'ai rien contre l'idée de savoir ce qu'il se passait lors de ce fichu temps d'avant. Mais il y a dans ce groupe de mots quelque chose de l'ordre du reproche. *Ce que nous faisions de ce monde était fichtrement mieux que ce que vous, vous en faites. Nous savions, vous gâchez tout.* Une mélodie de dépit rythmé sur un tempo de nostalgie.

– Josette ! Qu'avez-vous fait de mon téléphone ? Josette, levez la tête ! J'ai besoin de mon insuline… Je suis diabétique, appelez les secours, je vous en prie…

J'essaie de me lever, mon corps ne répond toujours pas.

Elle m'observe d'un air absent, ses doigts s'agitent sur son ouvrage sans qu'elle n'ait besoin de le regarder.

— Dites quelque chose ! Qu'avez-vous fait de mon téléphone ? Pourquoi je ne peux pas me lever ? Vous m'avez droguée ?

Muette, elle tire sur le fil de sa bobine de laine.

— Josette !

Elle pose sa main calleuse sur mon visage, le caresse. Sa main est presque aussi froide que les cinq bagues en or qui entourent ses doigts tordus.

— Je vais m'occuper de toi. On va bien s'entendre, tu verras.

Un large sourire se peint sur son visage. Mais c'est un sourire forcé, c'est un sourire où seule la bouche sourit, comme si le reste du visage n'avait pas compris. Ses yeux atones surtout. Son regard est aussi vide que sa bouche lorsqu'elle n'a pas mis ses dents, et c'est effrayant.

19

Hugo

8 mai 2022

On a toujours pas de nouvelles de Béran.

Lucien a dit, comme quoi écouter les cancans ça sert à rien.

Je savais pas ce que c'était qu'un cancan, il m'a dit que c'était une messe basse et j'ai pas vu le rapport. Si le curé parle pas assez fort à la messe, il a qu'à aller voir madame Genthiane qu'était orthophoniste avant et qu'a changé pour devenir ma maîtresse de CM2 de l'école Saint-Pierre-de-Rotouilly-les-Bains parce qu'elle donne des leçons sur les locutions.

Il a rigolé.

Ché pas pourquoi.

Il m'a dit que c'était un potinquoi. Je savais pas ce que c'était qu'un potinquoi. Et après, il m'a expliqué. Un potinquoi c'est lorsque quelqu'un dit du mal dans le dos de quelqu'un d'autre et que ça le rend tout fier de lui-même.

Et après son téléphone a sonné. J'ai jamais entendu une sonnerie comme ça. Hyper forte et hyper peu recommandable pour les oreilles. Il était tout content de connaître le message alors je l'ai aidé à le lire. C'était Béran. Elle avait écrit : tout va bien Lucien. Je pars en voyage pour une durée indéterminée. Amicalement. Bérangère. Et il y avait un petit smiley qui faisait coucou. Lulu savait pas ce que c'était un smiley. J'ai dit, un émoticône. Il savait pas ce que c'était un émoticône. J'ai dit un bonhomme qui sourit comme ça et j'ai souri comme ça. Il a dit de quoi tu me causes. J'ai dit laisse tomber.

Il a collé le portable devant ses yeux pour relire le message. Et puis il a grommelé mmmrmm mmrm dans sa barbe toute grise et blanche, ça dépend des poils.

Il a dit que c'était bizarre parce que de nos jours, maintenant, plus personne disait le mot : amicalement. En plus, Béran, elle signerait jamais Bérangère, elle signerait Béran vu qu'elle déteste son prénom à la con, comme elle dit. Il a dit : c'est pas clair cette affaire. Il a dit : y'a une couille dans le pâté.

Une couille dans le pâté, je connaissais pas ce dicton, mort de rire.

Lulu voulait aller chez Bérangère pour la voir tellement il trouvait son message bizarre. Il voulait que je donne son adresse mais je connais pas son adresse. En revanche, par contre, je sais où est ce qu'elle habite puisque j'y vais normalement tous les vendredis soir quand ma mère a besoin de boire un petit coup de martini et que Bérangère en aurait bien besoin d'un aussi, mais qu'elle prend une limonade car elle a sevré d'un alcoolisme chronique.

Moi je trouve que maman est pas gênée de boire des boissons alcoolisées devant Béran. C'est comme manger un bonbon devant moi sans m'en donner un. C'est de la nargue, je trouve, ça se fait pas. Mais ça montre la preuve de la grande motivation de Béran à arrêter de boire. Elle sait que les boissons alcoolisées sont comme une sorte de médicament qui efface tous les sentiments qu'on a dans le cœur et qui sont durs à supporter. Et depuis qu'elle a découvert ça, elle essaie de tenir bon.

Pour aller chez Béran on a pris le Cozibus communal que l'ancien vieux maire qui est devenu mort il y a pas très longtemps, avait mis en place il y a longtemps.

Je connais la cachette des clés de la maison pour entrer si Béran est pas là et que maman doit par exemple rentrer pour nourrir Pépito son chat noir et blanc qu'elle a hésité à aussi appeler Félix. J'ai chuchoté à l'oreille de Lulu pour raconter une messe basse ou un potinquoi que la cachette des clés se trouve sous le pot de fleurs devant l'entrée, près du paillasson bienvenu avec un soleil. Lulu a dit : sans rire !

Ché pas pourquoi.

Gladys

Journal de Lucien - 8 mai 2022

Le gamin était tout fier de récupérer les clés sous le paillasson. T'aurais vu le foutoir là-dedans ! Il y avait des vêtements humides dans une bannette près du séchoir, des assiettes sales et des miettes sur la table. Il y avait même une lumière allumée, dis donc. Ah ces jeunes ! Bon sang, je veux bien croire qu'elle ne soit pas forte sur le ménage mais on ne laisse pas une maison dans un tel état avant de partir en voyage ! Le linge va pourrir s'il reste là-dedans.

Sur la table, il y avait tout un tas de papiers administratifs et des fiches de paie. Ce n'est pas avec un tel salaire que la petite va se payer un voyage longue durée, moi, je te le dis. Il y avait aussi des papiers de son boulot, des ordres de mission. Des fiches pour chaque personne âgée avec les tâches à effectuer et les pathologies des anciens. J'ai vu la mienne. Ça m'a donné un coup de vieux.

Le petit bonhomme m'a demandé pourquoi j'étais en colère en pliant des feuilles pour en faire des origa-jesaispasquoi. Sur les fameux ordres de mission, il y avait tout un tas de détails sur ses patients.

Moi, dans la rubrique « autres informations » il était écrit que je n'étais pas facile, qu'il ne fallait pas hésiter à me dire si j'étais désagréable, qu'il fallait veiller à mon alimentation. Je me suis assis, ça m'a retourné.

Hugo m'a montré du doigt son insuline et j'ai appris qu'elle faisait du diabète. Nom de nom, là, je me suis dit, quand même, il y a quelque chose qui ne tourne pas rond. D'abord, elle ne me prévient pas qu'elle part, ensuite, je reçois un message qui ne lui ressemble guère… Et là, je vois que son message ne coïncide pas du tout avec l'état de la maisonnée. Et en plus de ça, elle serait partie sans son insuline ? Ça commençait à faire beaucoup. Alors j'ai dit là c'est trop et on s'est rendus chez les policiers.

Bon sang, ce qu'ils m'ont énervé. Tiens, je vais dégueuler la conversation. Peut-être que ça me permettra d'oublier.

« Je viens pour constater une disparition.

– Depuis combien de temps n'avez-vous pas de nouvelles de la personne présumée disparue ?

– Hier.

– Hier ?

– Hier.

– Et pourquoi pensez-vous que cette personne a disparu ? Qui est-elle pour vous ?

– Mon aide-ménagère (je me suis gouré une fois de plus) mon aide à domicile.

– Et c'est inquiétant qu'elle ne vienne pas ? Vous avez appelé l'entreprise ?

– Apparemment elle aurait démissionné, mais je n'y crois pas tellement. Je pense qu'il lui est arrivé des bricoles. (rires du petit flic)

– Écoutez, je ne vois pas en quoi cette dame devrait vous prévenir de ses actes, de ce qu'elle fait… Elle n'a pas de comptes à vous rendre.

– J'ai jamais dit le contraire, mais nous étions amis…

– Ah, vous étiez amis… (il a ri à nouveau ce gros con)

– Est-ce que son entourage est inquiet ?

– Elle n'a pas d'entourage. Elle n'a que moi. (haussement de sourcils du petit flic de mes deux) Bon sang, vous ne me croyez pas ? Attendez un peu que je vous montre… Regardez voir, si je ne dis pas des conneries, on échange des messages sur le téléphone…

– Et visiblement, elle vous a répondu qu'elle partait en voyage…

– Allons bon ! Mais elle n'écrit jamais ce genre de conneries !

– On travaille monsieur ! (il a élevé la voix) On a beaucoup de boulot, vous comprenez ? Allez, maintenant, on s'en va et on retourne à la maison… (et après il a marmonné, sauf que j'avais mes foutus machins dans les oreilles, alors je l'ai entendu, le salopard.) Parce que ce n'est pas le tout, mais il est bientôt 17h30, c'est bientôt l'heure de la soupe et de Question pour un Champion… »

Éclats de rire de tous ces petits malins qui ont oublié qu'un jour aussi ils seront vieux. À moins qu'ils ne crèvent avant.

Je t'en donnerais du Question pour un Champion.

20

Bérangère

8 mai 2022

Je ressens parfois ce genre de sensation lorsque, couchée, mon cerveau continue à cogiter tandis que mon corps est si détendu qu'il m'est impossible de bouger. Mais cette fois, c'est différent, je ne peux plus bouger. Je ne peux plus bouger *du tout*.

Elle m'a laissée et a fermé la porte à clé en sortant. Comme si, dans mon état, verrouiller la porte allait changer la donne.

Je me demande ce qu'elle m'a donné pour m'immobiliser. Je me demande ce qu'elle attend de moi. A-t-elle décidé de me garder captive ? Veut-elle faire de moi son esclave, son aide à domicile particulière ? Dans mon état, c'est plutôt elle qui va devoir jouer les aides à domicile.

Les baigneurs et les poupées m'épient toujours depuis les étagères murales. Leurs pieds pendouillent sur la tapisserie. Quel genre de sadique offre de telles poupées à des enfants ? Il y a plus de vie dans le regard d'un poisson rouge.

Je sursaute. Encore cette maudite poupée en porcelaine qui chante sans qu'on la remonte. C'est une grand-mère qui tricote. Sa tête bouge, son corps s'anime au rythme de la comptine. *Ainsi font font font les petites marionnettes, ainsi font font font trois petits tours et puis s'en vont...* Josette l'a posée sur la table en marbre en face de moi si bien que je peux profiter de la vision d'une vieille femme qui tricote et qui chante, même quand elle s'absente.

J'entends des pas dans l'escalier. Des pas lents et réguliers. Deux pas puis la canne, deux pas puis la canne. Je perçois le bruit de la clé dans la serrure, la poignée s'abaisse, la porte grince et s'entrouvre. Josette pose sa canne dans le coin de la pièce, chancelle vers son fauteuil.

– Qu'attendez-vous de moi Josette ?

Elle pose son gilet sans manches sur le dossier. S'assied. Lâche un soupir de contentement. Reprend son tricot.

– Bon sang Josette, dites quelque chose ! Où est mon téléphone ?

– Je l'ai déposé dans la boîte aux lettres de tes employeurs, c'est bien ce que tu voulais, non ?

Je ne comprends pas.

– Souviens-toi, tu comptais abandonner ton poste et tu devais rendre ton téléphone professionnel à tes employeurs, tu es venue le récupérer, tu l'avais oublié…

Je crois l'entendre murmurer « Mince, j'ai dû forcer sur les doses. »

Abandonner mon poste.

Des souvenirs surgissent dans mon esprit.

Jacques, mal en point au cimetière. Angoisse et tristesse. Huguette. Un petit coup, ça ne peut pas vous faire de mal… C'est fait qu'avec des bonnes choses… Un petit deuxième, le premier, servait à rincer la bouche… Un troisième ? Allez, un dernier pour la route… Et puis un autre… Aimez-vous les roupettes à queue ? Les cerises dans de l'eau-de-vie ? C'est fait maison, vous m'en direz des nouvelles… *C'est la java bleue, la java la plus belle-leuh*… À bientôt Huguette… Je fais n'importe quoi… Je bois… Je fais n'importe quoi… Je bois. J'oublie mon téléphone chez Josette. Marie-Christine et sa convocation à 8h. Est-ce que tout ça est vrai ? Jamais vu ça en 23 ans de métier… Et pourtant j'en ai vu… Tenez, une carte de visite pour les funérailles de Jacques. Jacques est mort ? Oui, mais ils l'ont bien maquillé. Oui, c'est bien lui, rassurez-vous... Je pleure. L'engueulade avec Marie-Christine. Ne pas s'attacher aux personnes âgées, rester à sa place, mettre de la distance. Ne pas les détester, ne pas les maltraiter, ne pas les aimer, juste nettoyer, récurer, et laver. Ce n'est pourtant pas compliqué... Marie-Christine, tu me les brises. Marie-Christine, tu me fais chier. Non, finalement ne plus y retourner, oui abandonner, récupérer mon téléphone oublié et abandonner. Une petite bière pour le courage. Vélo jusque chez Josette. Je pleure. Qu'est-ce qui ne va pas ? Racontez-moi. Je raconte à Josette... Pauvre petite, vous voulez un thé ? Ok, mais vite fait. Il a un goût bizarre votre thé. Non, vous ne trouvez pas ? Ah non, c'est du bon, buvez... Je bois. Un traversin à descendre dans une armoire à l'étage. Juste une dernière petite corvée, juste pour l'aider... Une nausée ? Reprenez donc un peu de thé. Je ne l'aime pas trop votre thé. Oui mais ça vous fera du bien. Encore un peu de thé... Une envie de vomir, je me sens partir. Allongez-vous là, ça ira, oui, oui sur ce lit, allez-y... Je m'assieds, je m'étends, ferme les yeux. Des mains sèches et rêches portent mes jambes sur le lit. Un drap me couvre. Une odeur réconfortante. La pièce tourne, elle tourne, elle tourne, ça me berce, je m'endors... Je fais des rêves, des rêves étranges.

Puis le réveil.

Ainsi font font font les petites marionnettes.

*

« C'est l'affaire d'une heure, je n'en ai guère pour longtemps ! » dit Josette en nouant un foulard en soie pourpre autour de son cou.

Elle compte déposer des géraniums sur la tombe de

Pierre, son mari, une fois la maille de son tricot achevée.

J'ai une idée. Une idée bancale, peut-être, mais après tout, je ne risque pas grand-chose.

« Josette, quel jour sommes-nous ?

– Le 8 pourquoi ? »

Je simule une expression étonnée. *Quoi le 8 ? Déjà le 8, c'est fou comme ça file, le temps passe à une vitesse…* Elle plie son cou, baisse son menton vers sa poitrine, me scrute au-dessus de ses lunettes en demi-lune.

Je laisse durer le suspense un instant. Elle maintient son bout de laine en l'air, hoche la tête, pour m'inviter à m'exprimer. Et, tandis qu'elle cesse de tricoter, je commence à broder. « Mes parents sont morts un 8 mai et j'ai pour habitude de fleurir leur tombe de myosotis chaque année, c'est une sorte de tradition, quelque chose de cher à mes yeux… »

Josette m'a cité toutes les plantes qui poussaient dans son jardin lorsque nous fourrions ses petits sachets en tissu de lavande séchée. Géranium herbe à robert, bourse à pasteur, silènes, myosotis… Mais attention, avait-elle précisé, il s'agit de sauvage contrôlé dans un carré potager. Pour que ça reste propre quand même. Que diraient les voisins. Les plantes sauvages se tenaient à l'écart des plantes horticoles, des statues et autres nains de jardin. Les branches de la haie qui poussaient plus vite que les autres étaient taillées, la porte d'entrée et la terrasse lessivées, les herbes qui voulaient voir le jour parmi les graviers, ébouillantées, les autres indésirables, ces saletés de mauvaises herbes arrachées, regroupées, puis brûlées. Quant au gazon, il semblait mieux entretenu qu'un terrain de golf. Robert, le jardinier était bien occupé.

« Ça m'embête de ne pas fleurir leur tombe… Pourriez-vous en cueillir quelques brins dans votre jardin et les y déposer ? » demandé-je d'un ton obséquieux en tâchant d'arborer l'expression d'une gentille fillette.

Elle remue sa tête de haut en bas puis de gauche à droite, comme ces figurines aux têtes démesurées que l'on installe parfois sur le tableau de bord des voitures. Puis, caresse ma pommette. Son ongle jauni me pique, ses nombreuses bagues rafraîchissent mes joues. « Bien sûr que je peux faire ça... » dit-elle, l'air attendri. Et, je crois même lire dans ses pensées, *ce n'est pas ma fille qui ferait ça.*

Elle pose un mouchoir en tissu sous la goutte qui pend à la narine de son minuscule nez retroussé, puis clopine vers la porte en prenant le soin inutile de fermer à clé derrière elle.

*

Je crois distinguer un large bouquet.

Bravache, elle lève les myosotis comme un trophée. Puis elle sort un petit sécateur, un vase et un ruban bleu d'un sac en plastique. Les pose sur la commode. « Fraîchement cueillis ! Il y en a des roses et des bleus ! » dit-elle en fourrant les fleurs dans mes narines. J'éternue tandis qu'elle noue les tiges avec le ruban. Elle flanque le bouquet dans le vase.

« Je récupérerai le vase une fois les fleurs fanées.
– Merci. »

J'espère que Lucien verra le bouquet avant qu'il ne fane.
J'espère qu'il comprendra mon appel à l'aide.
Ne m'oublie pas.

*

Club du troisième âge

8 mai 2022

— Bon sang, si j'atteins 100 ans, ce que je ne me souhaite pas au fond, j'espère bien ne pas me retrouver dans le même état que cette pauvre Georgette.
— Pourquoi donc ?
— Comment… Vous n'êtes pas au courant ? On a oublié de fermer la porte mercredi dernier après le club… Alors, elle a pris ses cliques et ses claques et hop, là v'là partie se promener ! Elle a fait le tour du bourg, elle est passée au cimetière et elle est allée jusqu'au lac ! C'est Madame Genthiane qui l'a retrouvée dans l'herbe. Elle buvait un verre de blanc en mangeant des sablés bretons.

21

Gladys

Journal de Lucien - 9 mai 2022

En fait elle est là, elle n'est jamais partie, elle est juste trop lâche pour me dire qu'elle n'a plus envie de me voir, c'est tout. Son voyage longue durée c'est du pipeau, un truc qu'elle a inventé pour ne pas me dire qu'elle n'en a rien à foutre d'un vieillard comme moi.

Quand je suis allé au cimetière ce matin, j'ai croisé la doyenne qui se répétait à elle-même « myosotis myosotis myosotis ». C'était Georgette, celle qu'eux autres libèrent le mercredi pour se rendre au club du troisième âge. Je me suis demandé pourquoi elle se répétait ça à elle-même.

Et quand je me suis rendu à ta tombe, j'ai vu que celle des parents de Béran était fleurie. Des myosotis fraîchement cueillis ! Hier, la matinée, il n'y avait rien de tout ça. C'est forcément Béran qui est passée les déposer, elle n'a pas d'autre famille pour fleurir la tombe. Au moins, ça coïncide avec l'état de sa maison. L'insuline, le bordel, la lumière et tout le tintouin.

J'ai beau me dire que ce n'est pas grave, j'ai beau me dire qu'il faut passer à autre chose, ça me travaille ma Ginette.

Figure-toi que j'ai voulu me confier à Gladys, j'ai voulu lui parler de la douleur dans ma poitrine qui ne disparaît pas, mais elle m'a envoyé paître. C'était quoi encore que mes histoires, est-ce que je ne voudrais pas me reposer un peu comme les gens de mon âge, et à ce propos, en parlant de vieil âge, est-ce que je buvais assez, est-ce que je dormais assez, est-ce que les aides ménagères faisaient bien leur boulot ? Enfin… j'en ai entendu des vertes et des pas mûres, quoi.

Je ne suis pas très fier de ce que j'ai fait, ma Ginette. Ça aussi, faut que je le dégueule, faut que je l'évacue, faut que je l'écrive parce que ça me ronge.

Voilà, j'ai pris la pile de réclame sur la table, je l'ai secouée devant ses yeux et je lui ai fait remarquer qu'il y avait dans ce tas de pubs un catalogue de jouets avec des baigneurs en promo, j'ai pris dans mon portefeuille un billet de vingt euros et je lui en ai fait cadeau.

Elle m'a lancé un de ces regards…

Et au lieu de m'excuser, je lui ai dit que si elle voulait faire sa commandeuse, elle avait maintenant de quoi s'acheter une poupée. Et puis comme je n'en avais pas assez dit, j'ai ajouté « À défaut de pouvoir faire un gosse. »

Elle a crié comme une cinglée, elle est partie en furie et j'ai entendu les pneus crisser dans la cour.

Je n'y suis pas allé de main morte, je sais. Quel couillon.

Mais j'en ai ras le bol. Un foutu tube digestif, voilà ce à quoi elle me réduit. Un tube qui mange et qui chie dans la parfaite maison de poupées qu'elle régit.

Elle ne reviendra pas de sitôt, pour sûr.

Le minot non plus à ce propos. Je l'attends toujours. Et vu l'heure qu'il est, il ne viendra plus maintenant. Je croyais qu'on s'entendait bien tous les deux. Tu parles ! Il doit se lasser de ma compagnie. Comme si un vieillard et un gosse pouvaient devenir amis… Comme si un vieillard et une aide à domicile pouvaient devenir amis…

Je savais bien que j'aurais dû résister à nouer une amitié, il ne faut pas m'approcher, je ne sais pas aimer à moitié.

Je vais reprendre un livre.

Hugo

Maman, quand est-ce que tu rentres ?

Maman peut même pas répondre au téléphone à cause du fait qu'elle est dans un endroit de l'Afrique où il y a pas de possibilité d'appeler sa famille. Elle a dit que peut-être dans une semaine ou peut-être un peu plus, ou peut-être un peu moins, on pourra se voir sur un écran d'ordinateur mais que pour le moment c'est pas possible, on peut pas, c'est comme ça. Je trouve que ça fait beaucoup de peut-être, moi.

En plus, je suis obligé de chuchoter car mon papa m'a interdit de te parler. Il trouvait bizarre que je jouais moins à ma console et du coup, il a écouté à la porte de ma chambre. J'ai dit qu'il avait pas le droit d'écouter à ma porte à cause de l'intimité, et il a dit que comme il était mon père, il avait tous les droits sur moi. Même que j'en ai marre que les adultes, ils se croient tout permis juste parce qu'on est un enfant ou un vieux qui redevient un enfant.

Il a dit que tu existais pas et que j'étais maintenant trop grand pour parler à un ami imaginaire. J'ai dit que c'est pas parce que personne te voyait que t'existais pas. Que si ça se trouve t'étais bien réel, que si ça se trouve j'avais des pouvoirs, qu'en plus j'étais pas le seul à voir des trucs pas visibles, parce que Georgette aussi voyait des lutins et personne les voit à part elle.

J'aurais pas dû dire ça.

Mais ça m'est sorti de la bouche comme ça, parce que je suis très impulsif.

Papa a demandé ce que c'était que cette histoire et qui c'était cette Georgette. J'ai vu sa grosse veine sur le front, ses deux grosses rides entre les yeux, c'était pas bon signe, et en plus il criait très fort. Il m'a demandé ce que je faisais avec ce vieillard à longueur de journée, et si il m'avait touché. J'ai répondu que oui, bien sûr, il m'avait touché. Oui, où, quand, comment ? Il me secouait et il criait. Je lui ai dit que parfois, Lulu me donnait la main parce qu'il marche pas bien, ou des fois il me met la main dans les cheveux et il fait comme ça et ça décoiffe tout mais il dit que ça arriverait pas si ils étaient bien coiffés.

Papa criait en me secouant les épaules même que ça m'a donné envie de vomir et que j'ai peur de vomir, car j'ai l'impression que quand je vomis, je vais devenir mort et j'ai peur de devenir mort comme j'ai peur que les gens deviennent morts, mais tout ça tu le sais déjà.

Maintenant j'ai plus le droit de voir Lucien.

Ni Lucien, ni Georgette et ses lutins, ni toi qui existes même pas.

J'ai dit que j'avais encore besoin de l'aide de Lulu pour ses connaissances très intéressantes sur le martin-pêcheur. Mais il a dit, je m'en fous des martins-pêcheurs, maintenant, c'est dodo. J'ai crié très fort et ensuite j'ai pleuré. Et papa m'a dit d'arrêter de pigner, car quand on est un grand garçon comme moi, on pigne pas. Il m'a demandé si j'étais une pignouse. J'ai dit non, je suis pas une pignouse et après, il a éteint la lumière et il a claqué la porte. Il a dit : je veux plus rien entendre ! Et je me suis retenu très très fort de faire de la comédie.

Et maintenant, j'ai un goût de sang dans ma bouche à cause du fait que je me suis mordu la lèvre pour m'empêcher de pigner.

22

Bérangère

9 mai 2022

Josette ne dit rien et je ne comprends pas.
Qu'attends-tu ? J'aimerais tellement être à votre place, me disais-tu souvent. Qu'est-ce que tu crois ? Qu'en me retenant prisonnière, nous allons fusionner toutes les deux ? Que tu vas retrouver ta jeunesse d'antan ? Quoiqu'avec tes connaissances de vieille sorcière et le poison que tu m'obliges à boire, tu serais capable d'avoir trouvé une formule pour me la piquer, ma jeunesse. Ou alors cherches-tu juste de la compagnie ? Tu m'empoisonnes et fermes la porte à clé pour me garder en permanence à tes côtés ?

*

« Ça va ? »
Elle me demande *ça va* comme elle demanderait *ça va* à quelqu'un qui vient de se cogner la tête contre un mur. J'ai toujours envie de répondre *Je ne sais pas, qu'est-ce que t'en penses ? Je hurle, je donne des coups de pied dans le meuble, je tiens ma tête entre mes mains, j'ai l'air d'aller bien ?* Mais bien souvent, je réponds que oui oui, ça va passer. Et j'ai envie de répondre à Josette que je suis clouée au lit, que je ne peux pas bouger, que je suis assoiffée, affamée, que si je n'ai pas vite mon insuline, je

risque de crever mais oui, super Josette, merci, ton inquiétude fait chaud au cœur. Tu devrais dire la vérité plutôt que de feindre un semblant d'intérêt pour mon cas. Je te rappelle que tu me drogues et que tu me séquestres depuis, depuis quand d'ailleurs ? Alors dis-le… Comment ça va aujourd'hui ? Toujours aussi mal ? Toujours entre la vie et la mort ? J'imagine que ça ne va pas, mais je demande quand même, histoire de, parce que c'est un truc qui se fait, et parce que même si je sais que ça ne va pas, j'ai besoin de te l'entendre dire, parce que ça me fait du bien, comme ça, je peux t'aider, comme ça, je me sens utile, comme ça, ça donne du sens à ma vie, comme ça, elle ne me paraît plus si vaine.

« Oh oh ! Ça va ? »

J'acquiesce d'un signe de tête.

Elle applaudit. « Parfait ! »

Puis sort de la chambre.

*

Elle pousse la porte à l'aide d'un chariot à roulettes sur laquelle repose une bassine d'eau, deux gants, une serviette, un porte-savon en plastique rose et un gros savon encore dans son emballage. Les battements de mon cœur s'accélèrent, j'essaie de me lever, en vain. Elle plonge le gant dans la bassine, l'essore, le replonge puis déplie avec minutie, la couverture corail qui me couvre. Un sourire satisfait enlaidit son visage.

Ses gestes sont lents, son regard étincelant, elle m'apparaît pleine de vitalité, excitée par la tâche qu'elle s'apprête à entreprendre. Elle tire sur mes chaussettes, les jette dans une bannette et chatouille mes pieds nus. « Guili-guili ! » Je me contrôle, tâche de rester passive.

Elle fronce les sourcils, soulève les épaules, dégrafe ma ceinture, ouvre le bouton de mon pantalon, dézippe ma braguette, tire sur le tissu.

– Bon sang, il est serré ce pantalon, je n'arrive pas à l'enlever.

– Laissez-moi !

– Ta-ra-ta-ta !

Son index oscille de gauche à droite comme un métronome au tempo lent.

– Une petite toilette quand même… Après tout ce que tu as fait pour moi, je te dois bien ça… C'est bien normal d'échanger les rôles !

Je dodeline de la tête, mon regard l'implore, *je vous en prie.*

– Oh ! Je sais ! Tu as peur que je te voie nue, c'est ça ? La belle affaire ! Je pourrais être ta mère…

Elle tire à nouveau sur les jambes de mon pantalon, je scotche mes fesses au matelas. Elle me l'arrache. Cette vieille peau a plus de force que moi.

Elle récupère le gant dans la bassine, l'étreint un peu, ne lésine pas sur la dose de savon, l'essore à nouveau et frotte mes jambes sans prévenir. Elle s'exécute avec méthode, semble avoir imaginé le scénario des dizaines de fois. Elle décrasse le haut de mes cuisses et descend jusqu'aux orteils. Ses gestes sont amples comme si elle repassait un drap d'une traite sur toute sa longueur.

Mes poils se hérissent, je serre les dents.

– C'est froid !

Elle n'en a rien à faire.

– Je vous en prie…

Complètement rien à foutre.

Elle lève sa main gantée en l'air et fronce ses sourcils.

– Ne sois pas aussi délicate, allez, il n'y en a pas pour longtemps ! Puis elle retrousse mon tee-shirt vers mon cou, soulève mes bras, récure mes aisselles avec de petits gestes vifs. Soudain, elle s'arrête, fixe mes seins, les caresse doucement.

– J'avais oublié comme c'était beau... T'en as de la chance...

Elle attrape mon sein gauche, le soupèse, le soulève et frotte comme si elle soulevait un meuble pour nettoyer en dessous.

Puis, l'essuie.

Le lâche.

Splop.

– La petite toilette maintenant ma petite dame ! dit-elle en me grattouillant le nombril.

– Non !

Son sourire est carnassier, inflexible et pugnace.

Ce n'était pas une proposition et elle invite son gant sans prévenir entre mes cuisses.

– Non ! Putain, mais achevez-moi !

– N'importe quoi ! Qu'est-ce qu'il ne faut pas entendre ! Tu sais, j'en ai vu bien d'autres !

Le gant voyage dans les moindres recoins de mon intimité. Elle frotte, décape, gratte comme si elle récurait un vulgaire plat à gratin qu'elle aurait oublié de laisser tremper. Je me mords la lèvre pour m'empêcher de hurler mais une larme ruisselle sur ma joue, s'échoue sur l'oreiller.

« Au tour des petites fesses maintenant ! » chantonne-t-elle en riant.

Elle récupère le deuxième gant.

– Tourne-toi.

– Non.

Elle plie l'une de mes jambes, tend un de mes bras, pousse mon corps de toutes ses forces sur le côté. Un instant, elle perd l'équilibre. *Tombe vieille peau, tombe et crève.* Elle pose une main sur le lit, prend une grande inspiration, rééquilibre son corps, expire tout l'air de ses poumons et commence son ouvrage. Elle fourre son gant dans mes fesses.

Rince le gant.

Recommence.

Son décapage dure une minute, peut-être. Une éternité, pourtant.

– Eh bien voilà !

Elle achève son ouvrage en saupoudrant généreusement ma raie des fesses de talc comme si elle saupoudrait une tarte aux framboises de sucre glace.

– Des petites fesses toutes propres, murmure-t-elle en me fessant gentiment. Oh ! J'allais oublier le dos et les petits petons !

Elle lave mon dos puis passe le gant entre mes orteils, me chatouille la voûte plantaire. J'inspire pour éviter de frissonner. Expire pour m'empêcher de l'insulter.

– Voyons ce que j'ai fait de la protection…

– Vous n'allez quand même pas me…

– Tu préfères souiller tes draps ? Tu ne peux pas te lever pour aller aux WC et je n'ai pas que ça à faire de laver toute la journée…

Elle décolle une monstrueuse protection, l'insère dans une culotte en papier, me l'enfile. La culotte en papier me pique le bas du ventre et le haut des cuisses. La monstrueuse serviette hygiénique me démange.

Elle s'approche de l'armoire en bois de hêtre, tire sur la poignée. La porte grince, une fragrance de lavande s'invite dans mes narines. L'œuvre des petits sachets en tissus que nous avions confectionnés ensemble, à l'époque où je la plaignais, à l'époque où je m'occupais d'elle, à l'époque où c'est *moi* qui la lavais. Son index défile sur une pyramide de linge minutieusement pliée. Il effleure une tenue puis une autre avant de s'arrêter sur un linge en coton blanc cassé.

– Celle-ci devrait faire l'affaire.

Elle s'en empare du bout du pouce et de l'index, évite de

désorganiser la pile.

– Tiens, un faux pli… Bon. Tant pis. Ça te plaît ?

– Magnifique, réponds-je tandis que j'examine l'immonde chemise de nuit.

Elle la retrousse, passe ma tête dans le trou en forçant un peu. Je souffle sur des mèches de cheveux qui chatouillent mes yeux. Elle les balaye d'un revers de main, plie mes bras, les passe dans les manches, boutonne le col, termine en tapotant sur la boutonnière. Elle sourit. Puis c'est au tour des boutons aux poignets. L'ensemble m'oppresse, mais je ne dis rien. Son index frôle mon visage. « Alors ? On se sent mieux après une petite toilette non ? » Je hoche la tête pour obtenir la paix et ferme les yeux.

Des souvenirs surgissent dans mon esprit, les souvenirs d'une bonne vieille dépression sans cause.

23

Hugo

10 mai 2022

Dans ma tête, c'était tout gris comme un ciel sans pluie.

Et un ciel gris sans pluie ça sert à rien à part me donner mal à la tête, à moi, personnellement, honnêtement.

Alors, comme je voulais pas rester dans une humeur massacrante qui sert à rien, j'ai dit à mon papa que j'allais chez mon copain Hami pour faire mon exposé. En fait, je suis allé chez Lulu et quand je suis arrivé chez lui j'ai fait comme si tout était normal. J'ai pas dit que j'ai fugué en prenant le Cozibus municipal. L'idée de fuguer m'a pris comme ça, d'un coup, vu que je suis un enfant impulsif qui en fait qu'à sa tête.

J'étais pas content parce que quand je suis arrivé, Lulu m'a dit de partir. Il a commencé à faire son adulte en pensant à un tas de problèmes qui étaient pas encore des problèmes mais juste des imaginations de sa tête. Ça se voyait parce qu'il avait la fameuse tête très très commune des adultes qui font la gueule. En plus, il faisait ses bruits d'ours : mrmmmr mrrrrrm.

Et après, il a dit qu'il fallait qu'on arrête de se voir. Il a dit que je devais aller jouer avec des gamins de mon âge. Ça m'a fait un truc dans le cœur, comme si quelqu'un l'avait serré entre ses deux mains. J'ai posé mon cartable qui pèse au moins le même poids que moi et j'ai dit que je bougerai pas. Je lui ai dit : on a pas retrouvé Béran. On peut pas la laisser tomber…. Sans son médicament, elle va devenir morte et ça m'embêterait beaucoup.

Là, d'un coup, il est devenu hyper en colère, sa tête est devenue rouge comme les tulipes dans son jardin, et les rides de son front étaient encore plus profondes que d'habitude. Et puis il donnait des petits coups sur le sol avec sa canne. Il a dit que Béran avait pas disparu car il avait vu des fleurs sur la tombe de ses parents, et que ça veut dire qu'elle était encore dans le village et qu'elle voulait juste plus le voir et que c'était bien normal parce qu'il était qu'un vieillard râleur et que personne s'intéressait aux vieillards râleurs, qu'elle avait juste arrêté son métier et qu'elle voulait plus lui parler, et que je ferais mieux de m'en aller avant de prendre racine.

J'ai pensé dans ma tête que c'était une hypothèse-supposition bien propre à lui-même. Et je lui ai dit qu'il y avait peu de chances que Béran ait déposé des fleurs sur la tombe de ses parents vu qu'elle les détestait, vu que c'étaient pas des gens franchement très recommandables quand ils étaient vivants.

Je sais beaucoup de choses sur la vie de Béran, car lorsqu'elle parle avec ma mère qui boit son martini, je suis jamais très loin, et j'écoute toutes leurs histoires. Elles pensent que je joue, et en fait c'est vrai, je joue, mais je suis capable de faire deux choses à la fois et je les écoute en même temps car c'est souvent très captivant.

Donc je sais qu'elle va jamais voir ses parents devenus morts au cimetière. En fait, à ce que j'ai compris, ses parents s'occupaient jamais de Béran et de sa sœur. Genre, ils jouaient pas du tout avec elles, ça c'est sûr, mais en plus ils oubliaient parfois de leur donner à manger. Même que, du coup, Béran devait s'occuper de sa petite sœur tout le temps. Alors qu'en plus, elle était pas beaucoup plus grande qu'elle. Les parents de Béran étaient très différents de mon papa. Ils étaient méchants avec elle mais c'était pas pour la protéger comme mon papa qui cherche à me protéger des problèmes de sa tête. Eux c'était pas pareil, ils étaient méchants. Juste, parce que, ché pas moi, ils étaient pas gentils.

Et ils partaient en vacances souvent, mais la plupart du temps ils abandonnaient Béran et sa sœur Lucie pendant longtemps et elles devaient se débrouiller comme des grandes. Même qu'un jour ils sont allés en Italie. C'est les vacances où Lucie est devenue morte. Et après Béran est partie vivre dans un foyer pour enfants sans parents. Et ses parents sont devenus morts plus tard.

Moi je crois que Béran, ça la rend un peu triste. Il faudrait qu'elle ait un tout petit peu de la maladie de Georgette pour qu'elle arrive à oublier. Mais pas trop quand même, ce serait dommage.

Maman comprend pas pourquoi Béran, elle veut toujours, toujours, se créer une vie de merde. Normalement j'ai pas le droit de dire ce gros mot alors que mes parents, eux, ont le droit, et je trouve la vie pas très juste. En tout cas, ma maman elle le dit souvent : pourquoi tu te fous toujours dans la merde ? Comme si t'avais pas eu assez de soucis comme ça…

Et Béran donne pas plus d'explications que ça. On dirait que c'est comme moi quand je fais des bêtises et qu'ensuite je fais un dessin pour dire pardon.

Quand j'ai raconté tout ça à Lucien, ses yeux se sont écarquillés comme ceux d'un gros hibou. Celui qui fait la gueule, le petit duc, je crois.

Gladys

Journal de Lucien - 10 mai 2022

Des géraniums, des chrysanthèmes, des pensées, des fleurs artificielles, je veux bien, mais des myosotis… Ce n'est pas commun sur une tombe ! Surtout que les myosotis, leur légende, on en a parlé longtemps tous les deux… Mais si ce n'est pas Béran qui est venue les déposer… Qui ? Ce serait la doyenne qui se répétait myosotis dans sa barbe quand je l'ai croisée au cimetière l'autre coup ? Le myosotis, *vergiss mein nicht,* ne m'oublie pas, ça sonne comme un appel à l'aide. Et si elle était vraiment en danger comme je pensais au départ ? Et ces foutus flics qui ne veulent pas m'écouter ! Qu'est-ce que je peux faire, moi, dans mon état… Par où commencer ? Rendre visite à la doyenne dans un premier temps ? Peut-être qu'elle connaissait les parents de Béran ? Peut-être qu'elle aura des renseignements ? Et puis, merde, bon sang, je perds du temps avec mes peut-être. Il faut que je me bouge, il faut que je fasse quelque chose.

En tout cas, le petit père est revenu me rendre visite, et ça m'a fait plaisir dis donc.

24

Hugo

10 mai 2022

Le code, c'est 1922.
Moi, je crois que c'est l'année de sa naissance.
Il y a un boîtier près de la porte fermée à clé. La mamie est enfermée dans son propre appartement, je trouve ça dommage, moi, personnellement. Et 1922 c'est le code. On l'a trouvé sur sa fiche de renseignements qu'on a volée chez Béran. Du coup, on est rentrés.
La dame était assise en tailleur sous une méga cabane trop cool avec des draps et tout. Elle mangeait des sardines. On aurait dit qu'elle nous attendait parce qu'elle a tapoté sur le sol pour nous dire de s'asseoir. Moi, je pouvais, mais pas Lulu à cause de son vieux corps. Alors, Georgette s'est levée et elle nous a tendu sa boîte de sardines comme si c'était, ché pas moi, un bon paquet de chips. Lucien a dit non merci.
Lucien a demandé à la dame pourquoi elle parlait de myosotis l'autre jour près du cimetière et il a demandé si elle avait vu Béran, récemment, il y a pas longtemps. La dame a dit : des myosoquoi ? Elle connaissait pas les myosotis et elle savait pas qui était Béran. Alors, Lucien est devenu ronchon, il posait les mêmes questions avec des mots différents en parlant de plus en plus fort comme si elle allait mieux comprendre.
Franchement, j'ai trouvé ça pas très intelligent de sa part. Pendant ce temps-là, vu que je m'ennuyais, vu que je

m'ennuie vite, j'ai lu à haute voix le petit carnet posé sur la table de la salle à manger. Je sais que ça se fait pas, mais je suis un petit garçon impoli dit papa, donc ça s'explique comme ça.

Il était écrit des choses très bizarres. L'écriture était très belle et un peu penchée sur le côté, j'ai mis du temps à bien lire par contre. Je me souviens de quelques phrases : jeudi 27 novembre, ce matin, j'ai agrandi ma gaine culotte, la bleue en coton. Elle a craqué car j'ai mis les deux jambes dans le même trou. Penser à la transformer en chiffons. Ou d'autres trucs comme : la brosse rouge c'est pour les cheveux, la bleue c'est pour les dents.

Lulu a tapé la main sur son front, genre pour dire : mais c'est pas possible qu'est-ce qu'on est venu faire ici… Il voulait partir parce que Georgette demandait tout le temps qui on était. Je me suis dit que si je disais à Georgette que Lucien était son frère et que j'étais son petit-fils et qu'on venait lui rendre visite, ça la rassurerait peut-être. Alors je l'ai dit. Et elle a dit qu'on était très gentils.

Et j'ai continué à lire : Valérie est venue ce midi. Elle a apporté le lait au frigidaire. Une minute = 60 secondes.

On a appris ça à l'école nous aussi. C'est dommage qu'on oublie les choses qu'on apprend quand on est petit, quand on est vieux.

Elle parlait aussi des lutins : ils me narguent les salauds. Il y en a partout, autour de mon lit. Ils me regardent en chantant. Ils font des farces. Parfois, ils me chatouillent les doigts de pieds et ça me fait sursauter. Penser à appeler un tueur de lutins. La dame qui m'aide à la toilette a dit que les dératiseurs tuaient les lutins. Demander à Valérie (ma fille) d'appeler un dératiseur au plus vite.

Lulu m'a pris la main pour partir car il trouvait que la mamie était zinzin du ciboulot et qu'elle pourrait jamais nous aider à savoir où est Béran. Mais j'en ai fait qu'à ma tête et j'ai pas écouté ses consignes.

J'ai continué à lire : une vieille dame avec un joli petit nez retroussé tenait de belles fleurs bleues dans la main. J'ai demandé le nom de la fleur. Apparemment ça s'appelle des myosotis.

Lucien lui a demandé qui était la dame au petit nez retroussé, mais comme elle perd la mémoire, elle savait pas de quoi il parlait.

On a laissé la dame toute seule et ça m'a rendu triste. En partant, elle a encore demandé qui on était. J'ai répondu qu'on était des chasseurs de lutins et qu'elle pouvait dormir sur ses deux oreilles, maintenant.

Là, elle m'a enveloppé la main, comme si, ché pas moi, j'étais quelqu'un de très célèbre, elle a chuchoté comme pour raconter un potinquoi et a demandé si on avait vu les lutins. Je lui ai fait un bisou sur la joue et j'ai dit que oui, mais que maintenant c'était fini, car on les avait anéantis. Elle a souri, elle a dit : brave petit. Et puis on est partis.

25

Bérangère

10 mai 2022

– Maman, quand est-ce qu'on rentre ?
– Pas tout de suite.
– Pas tout de suite quand ?
Elle crache sa fumée de cigarette qui ne sent pas comme les autres cigarettes. Je m'allonge sur une serviette et pose ma tête sur mon gilet. Je n'aime pas aller au lac, je m'ennuie.
– Maman je suis fatiguée ! Je veux rentrer !
Nouvelle bouffée.
– Tu ne vas pas te plaindre d'être en vacances en Italie quand même ? Compte jusqu'à 300, ça t'occupera.
1, 2, 3…
Je m'allonge. Une légère brise caresse ma joue. Je joue avec de petits galets. Du sable s'insère dans mes ongles, je frissonne. J'ai chaud, vraiment trop chaud, je voudrais rentrer à l'ombre, dormir dans ma chambre.
11, 12, 13…
L'odeur de la drôle de cigarette s'invite dans mes narines.
29, 30, 31, 32…
48, 53…
Mon corps est comme happé par le sol, mon cerveau est encore conscient mais mon corps immobile. Je lâche prise.
– On part avec ton père, tu surveilles ta petite sœur.
88, 89…

– Non, non, je m'endors, marmonné-je.

De la salive trempe mon gilet sous ma tête. Je sombre dans un profond sommeil. Un hurlement me réveille, un cri guttural, enragé, le grognement d'un homme que l'on éviscère. Des secousses. Une gifle. Les yeux de ma mère injectés de sang. Qu'est-ce que j'ai fait encore ? Je tourne la tête sur la gauche. Le corps de ma petite sœur est étendu sur les galets, ses grands yeux verts fixent le ciel. Elle s'est noyée. Je devais la surveiller. Non, j'avais dit non, mais ils ne m'ont pas écoutée. Je me réveille, en nage. Et pour la première fois, je comprends pourquoi je n'ai jamais pu dire non.

*

Je ne sais pas pourquoi je me remémore ce jeu débile auquel je jouais lorsque j'étais gamine. L'objectif était de faire un choix entre deux questions idiotes. Tu préfères avoir des bras en mousse ou des jambes à ressorts ? Tu préfères avoir une mouche qui tourne autour de ta tête jusqu'à la fin de tes jours ou un bouton de moustique sous le pied que tu ne peux pas gratter pour l'éternité ? Un jour, Analine avait demandé : tu préfères finir ta vie avec un corps valide mais être complètement zinzin ou tu préfères garder toute ta tête mais qu'on te torche jusqu'à la fin de tes jours ? Pour une fois je n'avais pas choisi, je m'étais contentée de regarder mon amie de haut et avais dit c'est quoi ta question pourrie ? C'était nul comme question. Trop réaliste, pas drôle, nul. J'aimerais la revoir. Pour lui répondre. Aujourd'hui je sais ce qu'être dépendant signifie.

Mon cerveau est au mixeur d'Hervé, ce que mes pensées sont aux aliments qu'il contient. Le mixeur entraîne les aliments dans une danse chaotique, les envoie valser dans tous les sens pour les transformer en grosse bouillasse indémêlable. Comme mon cerveau et mes pensées, à la différence près qu'il n'a pas de bouton Off pour s'arrêter.

Je ne cesse de penser aux raisons qui animent Josette. Elle doit chercher à se venger, elle m'a souvent reproché de m'adresser à elle comme à un bébé. Lucien aussi d'ailleurs. Moi qui croyais bien faire.

Je pensais que ça faisait partie de mon rôle de réconforter, de cajoler, de chouchouter. Je pensais que je devais prendre une voix niaiseuse, maternelle, consolante. Je croyais que ça faisait partie de la mission, que c'était contenu dans le package, que ça faisait partie du rôle que je devais jouer pour l'exercice de mon métier. Comme un vendeur en prêt-à-porter, un cintre sous le bras, demanderait avec une voix superficielle, madame bonjour, si je peux vous aider n'hésitez pas, un sourire feint sur les lèvres. Ou comme ce flic a adopté un air de cow-boy, épaules en arrière, ventre en avant, mains sur le torse, vous savez pourquoi on vous arrête madame ? avant de retirer mon permis.

Je pensais devoir faire pareil. J'adoptais même cette attitude de façon inconsciente. Sans doute, parce que la vieillesse fait penser à l'enfance.

On commence sa vie avec un trotteur et on la termine avec le même engin. Rien n'a vraiment changé, sinon la dénomination, sinon la façon de marcher.

L'enfant trotte, l'ancien déambule.

On réapprend, on nous soigne, on nous lave, on nous donne à manger, on nous change, on nous couche. Et ça, Josette ne le supporte pas, elle ne veut pas en arriver là, alors elle inverse les rôles, me dévoile le quotidien d'un vieillard alité. Me traite comme tel.

Elle se venge de tout ce que je leur ai fait subir. Et ça fonctionne plutôt bien, Josette. Je comprends qu'une ancienne n'ait pas envie d'entendre « Bonjour ma p'tite dame, alors on a bien mangé ce midi ? » Je comprends qu'une question telle que « On a besoin d'aller aux toilettes mon p'tit monsieur ? » puisse donner des envies de meurtre, tout comme je comprends qu'une invitation comme « Allez, on baisse sa culotte pour faire la petite toilette ! » puisse donner des envies d'extinction complète de l'humanité.

Est-ce pour ça que tu me retiens ? Une punition et que ça me serve de leçon ?

*

Elle s'assied sur le rebord du lit, pose sa main sur mon front, dégage une mèche de cheveux de mon visage, la cale derrière mon oreille.

« Est-ce qu'on a faim ? »

J'opine du chef.

– Ça tombe bien...

Elle pose son index tordu sur la télécommande du lit médicalisé. Le matelas se soulève. Que va-t-elle me donner ? Une miche de pain ? De la soupe ? Une bouillie et au lit ?

Elle retient la porte avec la paume de sa main gauche, pousse son chariot à roulettes avec sa main droite. Il remplace sa canne, lui permet d'avancer sans encombre.

Une odeur s'invite dans mes narines, un fumet dont j'ai horreur. De la viande. Elle noue une serviette en tissu brodée autour de mon cou.

« J'ai cuisiné une bonne langue de bœuf sauce madère, tu vas te ré-ga-ler ! » Mon estomac se serre.

Avec des gestes vifs, elle tranche de petits morceaux de viande, y plante la fourchette, l'avance près de ma bouche. Je louche sur la bouchée, dodeline de la tête. Elle me dévoile ses amygdales, m'invite à l'imiter. « Je ne vais quand même pas faire l'avion ? » s'exclame-t-elle en riant. Puis elle avance à nouveau la fourchette près de ma bouche.

Je ferme les yeux et soudain, Jocelyne et ses biscuits au chocolat et à l'orange me manquent, soudain, c'est carrément toute Jocelyne qui me manque, c'est Jocelyne qui radote, c'est Jocelyne qui échange un mot contre un autre, c'est Jocelyne qui gronde *Allez Laeticia un petit effort, faut manger pour porter le dos.* Alors, je visualise le visage de Jocelyne, j'ouvre la bouche et je mâche en imaginant des biscuits à l'orange.

Josette cale un verre d'eau dans ma bouche, le penche, l'eau ruisselle sur mon menton, dégouline sur ma nuque et sur mon buste, mouille ma chemise de nuit. « Doucement… » Puis, elle fourre un morceau de langue-de-bœuf dans ma bouche. Je hoquette, je vais vomir. Elle se hâte de récupérer la bassine dont elle s'est servie pour me laver, la cale sous mon menton et je vomis de la langue en bouillie.

— Manquait plus que ça ! dit-elle en tapant ses paumes sur ses cuisses.

Elle s'appuie sur les accoudoirs pour se lever, attrape sa maudite canne et claudique vers la porte.

De mon lit, dans mon vomi, je l'entends claironner quelques plaintes inarticulées.

*

Elle rentre avec une nouvelle bassine, plus petite cette fois. Le bocal contient du dentifrice et une brosse à dents. *Sa brosse à dents.*

« Ouvre la bouche ! »

Je la reconnais. Rose pâle avec des traits blancs.

« On se brosse les dents après avoir rendu… »

Je pince mes lèvres, songe à cette brosse à dents, me remémore ce que je lui ai fait subir il y a quelques heures ou peut-être quelques jours, maintenant.

Je visualise le siphon, avec ces cheveux, ces poils, cette moisissure, toute cette matière liée en une bouillasse grisâtre. Je visualise les poils de sa brosse à dents, frotter, s'insérer dans les moindres recoins, et je visualise toute cette moisissure se désintégrer, cette ignoble crasse voltiger en un feu d'artifice de merde pour s'échouer sur les parois de sa douche de merde.

Je me devine rincer le bac de douche, rincer les parois de douche, rincer la brosse à dents.

La remettre à sa place.

Tu m'as vue Josette, n'est-ce pas ? Tu m'as vue nettoyer ta merde avec ta brosse à dents, tu m'as vue la passer sous l'eau et la remettre dans le pot près du dentifrice, ni vu ni connu, n'est-ce pas que tu m'as vue ?

Ses yeux scintillent et me répondent, *oh que oui, je t'ai vue.*

Soudain, son regard s'éteint.

– Ouvre la bouche.

Elle pose la brosse sur ma bouche fermée. Mes lèvres se serrent, s'agrafent. Elle lâche la brosse sur la commode puis cale ses mains autour de mon cou. Je manque d'air, je suffoque et me surprends une seconde à peser le pour et le contre. Me vient même à l'esprit un autre « Tu préfères ? » inventé par Analine à l'époque. Tu préfères te brosser les dents avec une brosse à dents qui a baigné dans le vase à chiottes ou une qui a baigné dans le siphon de douche ? J'avais choisi le siphon, sans hésitation. Alors, tu préfères mourir étranglée par une mémé cinglée ou un lavage de dents avec une ignoble brosse à dents ?

Alors, j'ouvre la bouche.

D'un geste délicat, elle pose la brosse sur mes molaires inférieures, frotte doucement et emprunte une voix de

Castafiore pour chanter à tue-tête « Un siphon phon phon… » Elle ponce, décrasse, décape chaque recoin de ma bouche. « Trois petits tours et puis s'en vont… »

Je vomis à nouveau.

*

Je suis épuisée. Elle m'oblige à boire ses tisanes. Et je les bois puisque c'est le seul liquide qu'elle m'offre. Elle me drogue avec de la datura. Je ne sais pas de quoi il s'agit. Sans doute une plante dont elle connaît les secrets. Elle a réduit les doses car mes hallucinations étaient trop importantes. Mes pensées sont plus claires désormais mais mon corps toujours immobile. Depuis combien de temps suis-je coincée ici ? Je n'ai aucune perception du temps qui passe. J'ai beau lui dire que sans mon insuline elle ne pourra pas jouer à la poupée très longtemps, ça ne change rien.

J'entends du bruit dans le jardin.

« Comment trouvez-vous votre pelouse Madame ? »

Robert, ce doit être Robert. Sa voix m'apparaît de plus en distincte.

Il doit s'approcher du perron de la maison. Je crois entendre la porte d'entrée.

– À l'aide ! Robert ! Il y a quelqu'un ?

– Lilou, Gaston, taisez-vous ! On ne s'entend plus causer, jouez plus silencieusement ! hurle Josette.

Elle fait passer mes cris pour ceux de ses petits-enfants imaginaires. Je recommence à crier.

La porte d'entrée claque.

Des pas lents et réguliers dans l'escalier.

Un pas, deux pas, la canne.

Un pas, deux pas, la canne.

Elle déverrouille la chambre, s'assied sur le rebord du lit et tape le mur à trois reprises avec son poing.

– C'est du BA13 phonique, tu peux y aller…

Puis elle branche la bouilloire, sort de son tablier quadrillé un sachet rempli d'herbes séchées.

– Pourquoi as-tu appelé à l'aide ? On est pourtant bien toutes les deux…

26

Hugo

11 mai 2022

Un nez retroussé est de ce que Lucien m'a dit, un petit nez qui remonte comme une trompette.

Il voulait vraiment, absolument, retrouver la dame au nez retroussé qui a apporté des myosotis sur la tombe. Car si elle est allée sur la tombe des parents alors elle connaît sans doute Béran et elle aura sûrement des nouvelles d'elle.

Il veut vraiment retrouver cette dame au petit nez, il fait une obsession avec ça. J'ai dit que je voulais bien l'aider si ça nous prenait pas un siècle, car quand même, j'ai autre chose à faire à mon âge. Apparemment faut pas que je m'inquiète, ça devrait aller vite car les personnes âgées avec des tout petits nez sont très très rares comme les martins-pêcheurs. Lulu m'a appris qu'avec le temps qui passe, les oreilles et les nez s'allongent à cause du phénomène de gravité de la vieillesse.

Il en sait des choses.

On est allés chez Béran et on a volé les papiers qui s'appellent les ordres de mission, de tous les anciens qu'elle soigne. Et après on a commencé nos visites pour trouver une dame au petit nez retroussé.

Le truc, c'est qu'à chaque fois qu'on toquait à une porte, on était invités à prendre un petit café ou un petit apéritif. Ça n'en finissait pas, a dit Lulu. On a commencé dans l'ordre.

On est d'abord allés chez Huguette Binou. Vu que c'était ouvert, on est entrés. Et là, on a vu une mamie marcher avec son déambulateur, elle était tout à poil et avait une sorte de cigarette marron dans la bouche et des bigoudis sur la tête. Je l'ai reconnue, c'est celle qui était forte à la pétanque. Quand elle nous a vus, elle a pris une chaussure sur le canapé et elle nous l'a balancée à la figure en criant qu'on était qu'une bande de voyous, que ça se faisait pas de rentrer chez les gens comme ça, qu'on était pire que sa voisine. Lulu m'a poussé vers la sortie et je cachais mes yeux avec mes mains (c'était pour faire genre, en vrai, je regardais un peu) Elle a dit : filez de là ! et on a fermé la porte.

J'ai regardé Lulu, Lulu m'a regardé, et on a pouffé de rire, d'abord pas trop fort pour pas qu'elle entende, et puis en fait, on pouvait plus se retenir alors là, vraiment, on a explosé de rire, même que Lulu il pouvait plus s'arrêter, et qu'il a fini par tousser, j'ai cru qu'il allait s'étouffer, et ça m'a ramené les pieds sur terre.

Je lui ai donné quelques tapes dans le dos pour pas qu'il devienne mort.

Après, elle est revenue ouvrir la porte. Elle a dit qu'elle était désolée, qu'au final, c'était de sa faute et que fallait qu'elle pense à fermer à clé. Parce que parfois la voisine du deux s'invitait sans prévenir. J'ai demandé si la personne qu'elle parlait c'était une dame âgée. Elle m'a donné une petite tape sur le bras et elle m'a dit que sa voisine était pas âgée, elle était de son âge. C'est assez rigolo, car Huguette doit avoir au moins 90 et quelques années.

Ensuite, elle a dit que la voisine elle venait moins souvent depuis que son mari était mort et qu'elle soupçonnait que c'est lui qu'elle venait voir. Ça ressemblait à de la jalousie et elle m'a crié dessus en disant que non, elle était certainement pas jalouse. J'ai fait ma tête que quand je la fais maman veut me faire des bisous dans le cou. Et là, Huguette a serré mon bras, elle a levé son deuxième doigt l'index, et elle a dit doucement en regardant mes yeux : mieux vaut coucher avec un merdoux qu'avec un jaloux !

Et puis elle a levé son petit menton en croisant les bras. J'ai haussé mes épaules parce que j'ai pas compris. Et elle a dit qu'elle était sûrement pas jalouse d'une pétasse pareille.

Huguette avait un drôle de look avec sa robe de chambre qui laissait dévoiler une partie de son soutien-gorge en dentelle. J'arrivais pas à regarder ailleurs.

Elle a pris trois verres comme ceux qu'on a à la cantine et a versé du cidre dedans. Lucien a dit qu'il fallait pas me donner du cidre, car j'étais qu'un enfant. Elle a dit une chose très intéressante comme quoi elle en boit depuis son cinquième anniversaire et jusqu'à preuve du contraire, elle est pas devenue morte. Lucien l'a grondée et Huguette a demandé d'arrêter de lui retourner le ciboulot avec sa morale à trois sous six francs parce que ça la faisait suer, elle en avait plein le dos.

Je savais pas qu'on pouvait suer du dos.

Huguette a eu une vie triste. Parce qu'elle a perdu le papa de ses enfants, c'était le premier mari, ensuite un enfant, ensuite le deuxième mari avec qui elle s'est remariée, et ensuite le troisième mari avec qui elle s'est reremariée. C'est pas de bol. Elle avait l'air trop triste, et du coup, j'ai pleuré. Je voulais me retenir mais j'ai pas pu. Et ensuite, elle m'a regardé dans les yeux, elle a continué à me raconter des trucs très tristes, comme si elle voulait que je pleure encore plus, comme si elle voulait que je pleure à sa place. D'un coup, je me suis arrêté. Et elle a pris le relais.

Et après, elle a allumé une grosse cigarette marron et elle a dit qu'heureusement, elle touchait les retraites de ses maris parce qu'elle avait jamais cotisé, elle avait été nourrice au noir toute sa vie. Elle a fait une petite bulle avec son pouce et son index et elle a dit : que dalle, des quetsches ! Je crois que c'est une marque de prunes qui veut aussi dire : rien du tout.

J'ai demandé pourquoi quand on travaillait dans le noir on avait pas de retraite. Huguette a rigolé et a toussé comme quand on a la maladie de la bronchite.

C'était sûr que cette mémé était pas la dame au petit nez retroussé étant donné la grosseur de son gigantesque nez rouge sans cartilage.

On a quand même demandé si elle aurait eu des nouvelles de Bérangère il y a pas longtemps, récemment, et elle a dit non.

On a dit qu'on la trouvait plus. Et elle a dit que de toute façon, dans cette maison-là, il fallait pas chercher, ils étaient mal organisés, alors c'est bien possible qu'elle ait démissionné.

27

Bérangère

11 mai 2022

Une mouche m'a rendu visite dans mon rêve. Une mouche, qui, un jour où j'écrivais mes déboires, ne cessait de tourner en rond dans mon salon. J'avais ouvert la fenêtre, elle avait tourné à plusieurs reprises à côté, mais elle ne s'envolait pas et je ne comprenais pas pourquoi.

Lorsque j'étais aide à domicile, j'étais cette mouche. J'avais beau savoir qu'une porte de sortie était possible, je préférais m'agiter, m'énerver, plutôt que de me libérer. Je m'étais enfermée dans une prison que j'avais moi-même créée. Et il aura fallu cette séquestration pour que je le comprenne.

Josette s'est encore absentée depuis une minute ou trois jours, je ne sais pas. Je me demande où elle est, ce qu'elle me prépare cette fois. Coq au vin, pieds de cochon en sauce ?

Les effets de sa drogue s'estompent.
Elle ne le sait pas mais j'arrive à m'asseoir dans mon lit même si la position est inconfortable. Un peu comme ces exercices d'EPS au collège où l'on devait s'asseoir sur une chaise imaginaire en s'adossant contre un mur.

Je crois qu'elle n'a pas trop apprécié mes appels au secours de la dernière fois. J'en ai la certitude désormais. Elle ne me laissera jamais partir, ne me fournira jamais mon insuline.

La fréquence des nausées augmente, mon corps est de plus en plus douloureux. Combien de temps un diabétique survit-il sans insuline ? Une semaine ? Deux tout au plus. Que va-t-il m'arriver ? Soif intense, fatigue, faim, palpitations, troubles de la vue, nausées, vomissements. Coma. Un beau programme en perspective.

Je ne vois plus qu'une solution. Faire ce que cette putain de mouche aurait dû faire et m'envoler par la fenêtre.

Je pose un pied sur le sol. Puis l'autre. Un déambulateur me nargue dans l'angle de la pièce. La mine chiffonnée de Daniel surgit dans mon esprit. *Pardon Daniel, pardon de t'avoir puni en te privant de ton déambulateur.* J'appuie mes mains sur le matelas et des visages de patients s'invitent au côté de Daniel. Ceux incapables de sortir de leurs lits sans aide. *Demande-lui de t'aider,* disait Fatima. Allez monsieur, aidez-moi... *Force-le un peu,* disait Josiane. Allez un petit effort ! *Tu fais ce que tu peux,* disait Annabelle. Et je finissais comme je pouvais en pensant intérieurement *Je n'ai pas que ça à faire, j'en ai bien d'autres à lever après vous, arrêtez de geindre, ça ne vous aidera pas...*

Allez.

La septième tentative est la bonne. Je me déplace bien que ma tête tourne un peu, que mes pas soient incertains. Je pose une main sur le vieux fauteuil vert sapin, une autre sur la coiffeuse en face de moi. Sursaute en surprenant mon visage dans la glace. Mes cernes ressemblent à de larges hamacs mauves, mes rides au réseau fluvial de tout un bassin-versant, ma peau laiteuse à celle d'un cadavre. L'ignoble chemise de nuit gonflée par la monstrueuse couche-culotte n'embellit pas le tableau.

Je fais un pas puis un autre, je trébuche et je tombe.

Je respire quelques secondes, assise sur le sol et attrape le pied de la coiffeuse pour me relever. Ces secondes me paraissent une éternité. Pourquoi les anciens sont-ils si réticents à l'idée de porter une téléassistance ?

Après plusieurs essais, je parviens à me relever, à claudiquer jusqu'à la fenêtre. Qu'importe si je me loupe, qu'importe si mon corps finit en charpie dans son talus de géraniums, je ne veux pas rester une minute de plus au côté de cette tarée.

Je tire l'épais rideau vert amande, celui en tulle derrière lui, et découvre des barreaux à la fenêtre. L'espacement est si mince qu'il m'est impossible de passer à travers.

J'aperçois Josette dans son jardin.

Elle cueille des fleurs, se retourne.

Et merde. Coucou Josette.

Elle pose sa paume sur son crâne.

Eh oui Josette, je peux me lever désormais. Viens me voir…
Monte à l'étage que je te bouffe les yeux.

28

Hugo

Dès qu'on est rentrés chez Jocelyne, elle a lâché son brodage, elle est venue vers moi, elle m'a pris par le cou, même que j'ai eu un peu mal et elle m'a plaqué la tête contre ses gros seins. J'ai cru que j'allais étouffer, je pouvais plus respirer... Et j'ai levé mon petit doigt pour lui dire de penser au consentement. C'est un mot qu'on a appris à l'école l'autre jour. Ça veut dire que deux personnes doivent être d'accord avant de faire des bisous sur la bouche ou des trucs du style. Du coup, moi je trouve qu'elle aurait pu demander le consentement Jocelyne. Faudrait que je demande à la maîtresse, mais ça me paraît être, genre, deux ou trois fois pire qu'un bisou sur la bouche. En même temps, c'était une expérience, parce que j'avais jamais vu des gros nichons pareils. Mais, en revanche, par contre, elle sentait un peu la chèvre ou le mouton.

Jocelyne parlait, parlait, parlait... Elle déballait toute sa vie comme Chloé de mon école qui est la plus grosse pipelette que je connais. Elle raconte sa vie sans qu'on lui demande rien. On a quand même réussi à la couper à un moment. Et elle nous a dit que Béran lui manquait, parce que, elle, au moins, elle l'écoutait. Mais apparemment elle a pas de nouvelles non plus.

Jocelyne avait pas un petit nez mais un nez de taille plutôt correct, je dirais.

Chez Annick et Alain on est pas restés longtemps. Parce qu'ils passaient leur temps à se crier dessus. Annick disait que c'était pas son problème si Béran avait disparu. Et Alain a répondu qu'il fallait pas prêter attention à sa bonne femme, que de toute façon on se demande bien qui elle pouvait sentir, et qu'elle savait faire que ça dans la vie : ouvrir la bouche et braire. Ils parlaient très fort et l'ambiance était je dirais, très moyenne, alors on a préféré les laisser.

Annick avait un petit nez mais il était pas retroussé.

On est allés voir Mauricette et Joseph après. Ce sont des amoureux très différents d'Alain et Annick. Joseph, il passait derrière Mauricette et il reniflait son cou et il disait : t'es belle et tu sens bon. Et Mauricette disait en souriant : il est pas méchant…

Mauricette s'est levée pour faire un café et Joseph a couru après. Il a dit : laisse-moi le faire maman, tu vas encore m'en faire couler pour tout le voisinage sans ça !

Il se dépêchait de marcher vers la cuisine, c'était drôle car j'avais l'impression que sa tête voulait avancer mais que son corps arrivait pas à la suivre.

J'ai demandé à l'oreille de Lucien comment ça se fait que sa maman était pas encore devenue morte, et comment ça se fait qu'elle avait l'air plus jeune que lui, et Lucien a fait un geste de la main pour dire : laisse tomber. Il m'a dit que c'était sa femme, pas sa maman. J'ai trouvé ça un peu, légèrement bizarre.

Quand on a demandé des trucs sur Béran, ils ont dit qu'ils en savaient rien. Mauricette a servi les cafés et d'un coup, elle a pris un torchon qu'elle a frappé fort sur la nappe et elle a dit : là !

Elle a pris la mouche par l'aile et l'a foutue dehors. J'ai dû faire une tête bizarre parce qu'elle m'a caressé la tête en disant que l'âme de cette mouche allait partir dans un autre corps et allait avoir une meilleure vie qu'une vie de mouche. À moins qu'elle devienne un moustique.

J'ai mis mon index sur le côté de mon cerveau pour dire à Lulu que maman était complètement toc toc du ciboulot. Il a fait : mrrrmmm mrrmmm.

J'ai bien rigolé avec toutes ces personnes âgées mais la mission était un peu ratée car on a pas trouvé la dame avec un petit nez tout retroussé.

Gladys

Journal de Lucien - 11 mai 2022

J'aurais dû commencer par ça ! Quel niguedouille. Quelle idée de chercher une dame avec un petit nez retroussé. On aurait pu continuer comme ça pendant des lustres. Enfin bon, on fait ce qu'on peut avec ce qu'on a, comme dit l'autre.

Je me demande pourquoi je n'ai pas commencé par ça… Reconstituer le puzzle.

La première fois qu'on s'est rendus chez Béran, j'ai bien vu un tas de papiers déchirés au sol mais vu le bordel dans la maisonnée, ça ne m'a pas interpellé. On y est retournés tantôt avec le petit bonhomme vu qu'on ne savait plus quoi faire. Et là, ça a aiguisé ma curiosité. Alors je me suis permis d'en lire un morceau. Elle écrit comme moi, dis donc ! Un journal intime. Enfin, ça en a tout l'air. Le petit bout que j'ai lu parlait d'un certain Daniel. Ça parlait de son boulot et je trouvais étrange que tous les papiers soient déchirés sur le carrelage. Alors j'ai reconstitué le puzzle à la recherche d'indices. C'était assez long de tout remettre dans l'ordre. J'ai fini à la nuit tombée dis donc ! Heureusement, il y avait des numéros aux pages, c'était déjà ça de pris...

En lisant tout, j'ai compris qu'elle avait déconné. Et que, suite à une grosse engueulade, elle avait décidé de démissionner. Sauf qu'il lui fallait récupérer son téléphone oublié chez une certaine Josette.

Et depuis ça, elle n'a plus rien écrit.

J'ai cherché dans les ordres de mission l'adresse de la Josette en question. 5 rue des Acacias, Saint-Pierre-de-Rotouilly-les-Bains.

Il y a un arrêt de bus tout près, ça tombe bien. À cette heure-ci, il y a plus de bus et le petit père est rentré chez lui. On ira demain matin, peut-être que cette Josette aura plus d'infos à nous donner.

29

Bérangère

12 mai 2022

Je rêve de me laver. J'ai vomi toute la nuit. Josette n'est plus revenue dans la chambre. Elle a installé une chaise derrière la porte fermée à clé et je l'écoute me parler, bercée par le son régulier de ses aiguilles à tricoter. J'ai beau l'implorer d'ouvrir la porte, elle ne cède pas. Elle ne m'écoute même pas. *Ahin ahin. Mmm Mmmm. Eh bah, c'est bien.*

Elle doit craindre les représailles. Si elle me voyait, elle saurait que je suis couchée, de nouveau incapable de bouger. Sauf que cette fois, ce n'est plus à cause de la datura. Il me faut mon insuline.

Tout ça, c'est ta faute Huguette, tu m'as trop tentée avec ton jus de pomme fermenté. Tu m'as incitée, tu m'as quasiment forcée, tu as rempli mon verre et j'ai cédé. Si je n'avais pas picolé, jamais tout ça ne serait arrivé. Je n'aurais pas oublié mon téléphone, je n'aurais pas maltraité toutes ces personnes âgées, j'aurais juste travaillé. Et si je m'étais libérée de mes pensées, si je m'étais davantage affirmée, j'aurais même pu exercer le métier avec sérénité. J'aurais assisté à l'enterrement des vêtements de Mauricette, je lui aurais dit qu'elle n'était pas obligée de porter des souliers et des tabliers, je lui aurais dit qu'elle pouvait très bien décider d'enfiler de jolis chemisiers ; j'aurais jardiné avec Joseph et on aurait chanté *Elle était maquillééée comme une star de ciné-éé ;* j'aurais parlé météo, sardines vidées, maquereaux écaillés et poissonniers blasés avec Jocelyne ; je me serais essayée aux statistiques approximatives et aurais soutenu à Alain, que, si, s'il le voulait, il pouvait encore divorcer comme aujourd'hui 50% des personnes âgées ; j'aurais emmené Georgette camper ; j'aurais accompagné Daniel en dégueulant ma propre négativité autour d'un café. Je suis sûre qu'il aurait apprécié, il aurait dit, c'est pour ça, je vous dis, faut profiter, *parce qu'après…*

Daniel était mon oracle.

Parce qu'après tu te retrouveras alitée, en compagnie de gros bébés qui te regarderont doucement crever.

Adieu Laeticia.

30

Hugo

12 mai 2022

On est allés chez Josette, car c'est la dernière personne à avoir vu Béran avant qu'elle disparaisse. Ensuite, Béran a plus rien écrit dans son journal intime.

On a frappé chez elle et Josette ouvrait pas, alors on est entrés vu que c'était ouvert. Là, on peut pas vraiment dire que c'est du manque de politesse, car, parfois, les vieux ça les arrange qu'on rentre comme ça, soit parce que ça économise des pas à leurs vieilles jambes, soit parce qu'ils entendent pas le bruit de la sonnette à cause de leurs vieilles oreilles sourdes.

On a appelé Josette, et personne venait.

Au début, j'entendais comme des sons mais j'ai pensé que ça venait de ma tête qui imagine souvent plein de choses.

Il y avait plein de cadres dans la salle à manger. Je me suis approché et sur toutes les photos, la dame avait un tout petit nez retroussé. On s'est regardés avec Lulu, on avait enfin trouvé !

Et là, je sais pas ce qui m'a pris, mais j'ai entendu du bruit, là-haut, à l'étage, ça venait pas de mon cerveau, j'étais sûr de moi, alors j'ai couru dans l'escalier. Lucien m'a dit que ça se faisait pas et il m'a grondé, il m'a hurlé de redescendre tout de suite, mais j'ai pas écouté.

Là-haut, j'entendais une mamie chanter une chanson que j'ai déjà entendue quand j'étais plus petit que maintenant.

Ainsi font font font les petites marionnettes, ainsi font font font trois petits tours et puis s'en vont... C'était assez mignon. Et j'ai vu une vieille dame qui se balançait dans une chaise en bois. Elle tricotait très très vite, à une vitesse impressionnante. Elle m'a regardé. Ses yeux faisaient peur, on aurait dit un regard sans vie, un peu comme les regards des Barbies.

Elle m'a souri en me tendant les bras et a fait une petite tête triste en me disant que sa poupée était cassée.

31

Lucien

12 mai 2022

Qu'est-ce qu'il fout ce satané gamin ?
« Hugo ! »
Bon sang, ça n'obéit donc jamais ces petits machins-là…
« Hugo ! »
Nom de nom, je savais bien que je n'aurais pas dû le prendre avec moi ! Et comment je fais, moi, maintenant, coincé dans ce bordel…
« Descends de là Hugo ! »
Il doit bien y avoir un bouton ou un truc pour que ça avance ? Ça déconne tout le temps ces escaliers ascenseurs ! Heureusement que c'est de plain-pied à la maison.
Satanée télécommande qu'est pas foutue de remplir sa mission de télécommande. Monter, j'ai dit ! Monter ! Qu'est-ce que tu ne comprends pas dans monter ? Je ne veux pas rester en plein milieu de l'escalier, je veux monter ! Allez ! Bon sang, qu'est-ce que ça m'agace ! Hey oh ! Je ne vais pas rester planté là !
« Hugo, descends, bon sang ! »
Bon, comment que ça marche ce téléphone portable là ? Pour une fois qu'il va servir à quelque chose ce truc… Gladys. Si je clique là ? Ah, ça sonne…
Bon…
Bon… Tu réponds ?

Faut savoir, tu veux des nouvelles ou quoi ? Ça commence à bien faire ! Euh, papa, tu pourrais me passer un petit coup de fil de temps en temps… Allons bon ! Qu'est-ce que je fais, là ? Je te passe un coup de fil. Alors réponds ! Réponds, réponds, réponds, nom de nom !

Et vous êtes bien sur le répondeur de Gladys, je ne suis pas là pour le moment, mais laissez-moi un message. Oui, ben j'ai vu… J'ai vu que t'étais pas là. T'es là uniquement quand je n'ai pas besoin de toi. Par contre, quand j'ai besoin d'un petit coup de main, il n'y a plus personne. Appeler. Bon… Et puis merde. Bon, sinon j'appelle les pompiers ou les flics ? Comment faire pour composer un numéro ? Batterie faible maintenant… Comment ça batterie faible ? Et puis quoi encore ? Satanée technologie ! Nom d'une pipe, qu'est-ce que je vais faire ? Je ne vais quand même pas rester coincé en plein milieu de l'escalier…

« Qu'est-ce qu'il y a Hugo ? Descends ! »

Bon sang, qu'est-ce qu'elle lui fait… Notre père qui est aux cieux, que ta volonté soit faite…

« Pourquoi tu cries Hugo ? »

C'est quand même pas sorcier de monter un pauvre escalier, satanées jambes de mes deux !

« Tiens bon, bonhomme ! »

Faut que je monte. Pas le choix. Comment je… Comment faire ? Si je me laisse glisser là, comme ça, et que je m'agrippe à la rambarde, ensuite, il suffira que je me tourne un peu, et ouais, ça devrait le faire comme ça. Ma parole, si je chute, je ne me relève pas. Bon allez, quand faut y aller…

À la une, à la deux… Nom de nom, bouge-toi.

Allez. Une, deux…

Ouf. C'est bon… Je tiens, je…

« Je t'en prie arrête de pleurer petit… J'arrive, deux minutes, deux mi… Hopopop, bon sang, y'a de la houle ! »

La rambarde, où que c'est qu'elle est ?

Là, doucement.

Allez, lève ton pied.

Quel empoté !

« J'arrive Hugo, j'arrive... Je suis coincé. Je fais au plus vite gamin ! »

Allez gros pépère, tu peux le faire. Un pied après l'autre. Voilà, comme ça, bon sang, qui c'est qui sonne à la porte ? Eh merde. Aïe ! Bon sang, mon coccyx. Mes genoux. Aïe ! Me v'là sens dessus dessous. Désolé Hugo. Pourquoi je t'ai embarqué là-dedans ? Pourquoi je... Mais quel couillon... Qui c'est qui entre, qui c'est qui ?

32

Lucien

« Gladys ? Qu'est-ce que tu ? Comment ? Monte chercher le gamin à l'étage ! Enjambe-moi et monte vite ! »

Pourquoi elle me regarde comme ça ? Elle va m'engueuler parce que j'ai monté l'escalier ? Parce que je suis tombé ? C'est ça, monte vite. Pourquoi elle ne discute pas ? Pourquoi elle n'a pas posé de questions ?

« Vite Gladys, vite ! Alors ? Alors ? »

Comment elle m'a retrouvé ? Elle a lu dans mes pensées ? Aïe ! Mon foutu coccyx ! Pourquoi elle ne me demande pas ce que je fous là chez une vieille inconnue, le corps en charpie en plein milieu de l'escalier ?

« Gladys ! »

Pourquoi il pleure ? Pourquoi je l'entends pleurer, qu'est-ce qu'il y a ?

« Pourquoi il pleure le gamin ? Qu'est-ce qu'elle lui a fait ? »

Bon sang, qu'est-ce qui se passe ?

Répondez pas surtout quand je vous pose des questions… Ignorez-moi, je ne vous dirai rien.

Tiens, le v'là… Qu'est-ce qui ne va pas ? Il a le nez qui coule, pauvre père.

« Elle est devenue morte… »

Oh bon sang, comment ça, elle est devenue morte ? Oh, bon sang, j'y vois plus rien, ma tête est toute brouillée je sens que…

33

Hugo

13 mai 2022

C'était comme une pierre deux coups, au final, finalement.

On a pas appelé les pompiers pour rien. Ils ont mis Lucien et Béran sur des brancards et les ont allongés dans leurs camions de pompiers pour les emmener dans les hôpitals.

La fille de Lucien avait vu les appels en absence de son papa et, comme elle le trouvait pas, elle a lu tout son journal intime que le psy Mr Galgo a demandé d'écrire. Le psy, c'est comme la maîtresse pour le sujet de mon exposé, il s'est pas foulé, il conseille le journal intime à tous ses clients. N'empêche que ça a été plus ou moins très pratique, car même si la fille de Lulu avait pas le droit de lire son journal intime vu que c'est un journal qui, comme son nom le précise, est intime, elle a pu savoir où était son papa.

Quand Gladys est arrivée en haut, dans la chambre, et quand elle a vu que je pleurais, elle croyait que la mamie m'avait fait du mal. Mais pas du tout, pas du tout ! La mamie se balançait sur son siège à bascule et elle tricotait une écharpe qui doit faire 5 mètres de long en regardant par-dessus ses lunettes.

La mamie Josette m'a vu tourner la clé de la chambre, elle m'a vu entrer, mais ça l'a pas choquée, elle a continué à tricoter. Elle a juste dit que sa poupée était cassée.

Du coup, la fille de Lucien a pas compris pourquoi je pleurais autant mais c'est car elle savait pas que j'ai très peur des gens qui deviennent morts. Et j'ai cru que Bérangère était devenue morte vu qu'elle avait une tête de morte vivante et qu'elle bougeait plus. En fait, apparemment, elle est dans le coma, ce qui veut dire qu'elle peut soit très bien se réveiller soit très bien devenir morte, mais on sait pas encore.

Lucien, il devrait s'en remettre, il est tombé dans les pommes mais Gladys, sa fille, dit que je dois pas m'inquiéter car c'est un solide, il va s'en sortir, et je trouve que c'est une très bonne nouvelle.

On a appelé les policiers pour qu'ils emmènent la vieille Josette qui retenait Béran prisonnière depuis plusieurs jours alors qu'en plus elle a la maladie du diabète. Quand le policier a vu Béran, il s'est tapé le front et il a dit : Encore elle ? J'ai dit qu'on l'avait prévenu avec Lulu. On avait dit qu'elle était en danger mais il a jamais voulu nous écouter... Le petit flic est devenu tout immobile comme une statue, il avait des yeux tout ronds. Peut-être qu'il s'est dit qu'il avait pas fait les choses bien comme il fallait. Il se sentait bête, moi je crois. Eh ben tant mieux, ça l'apprendra !

Après, Josette a demandé au policier si il y aurait des prisonniers avec elle dans sa cellule de prison. Le policier a froncé les sourcils, il a dit qu'il l'emmenait pas à l'hôtel, il a dit que oui, bien sûr, qu'il y en aurait. Josette est devenue plutôt bizarre, je trouve parce qu'elle a fait comme quand la maîtresse nous appelle pour rentrer en salle de classe après la récré : elle a tapé dans ses mains et elle a dit que c'était une merveilleuse nouvelle !

EPILOGUE

Bérangère

Préparer la fête de Georgette avec Jocelyne qui me suivait à la trace n'était pas une mince affaire. Elle exigeait une réponse à ses questionnements existentiels. Que diable devenait une jambe, un bras ou un quelconque membre qu'on entubait ? (qu'on amputait) Finissait-il à la poubelle ? Au congel ? Brûlé ? Il serait intéressant de banaliser un lieu où tous les charognards pourraient s'en occuper et du même coup festoyer ? On ne valorisait pas assez les déchets de nos jours. Et la planète… Ce n'était plus vraiment son affaire à elle. Mais ses enfants, ses petits-enfants, les enfants de ses petits-enfants. Et ces membres amputés alors, c'était une vraie question… Qu'est-ce que j'en pensais ? Qu'est-ce que j'en pensais ? Qu'est-ce que j'en pensais ?

Je n'en pensais pas grand-chose.

Je n'ai pas répondu et me suis contentée d'accrocher des fanions multicolores en zigzaguant entre les charmes et les hêtres. Jocelyne m'a suivie et le fil de sa bobine de laine s'est coincé dans l'écorce d'un arbre. J'essayais de la semer mais Jocelyne m'a rattrapée et a créé une gigantesque toile d'araignée en laine derrière elle.

Joseph s'est amusé à traverser la toile sans toucher les fils tandis que Mauricette à côté, criait « Bip ! T'as touché le fil, c'est mon tour ! » avec conviction, même si, en réalité, elle n'y voyait plus grand-chose. Comme Joseph ne réagissait pas, elle criait plus fort « Bip Bip Bip ! T'as touché, c'est mon tour ! » parce que si elle ne voyait plus grand-chose, lui, n'entendait plus grand-chose.

Georgette était là, elle aussi. Elle me parlait de ses vomis de fourmis. Nouvelle lubie.

Gladys

— J'ai rapporté des couches papa !
— Des protections…
— Oui et des couches !
— Tu n'auras donc rien appris ? Arrête de me prendre pour un enfant !

Papa grommelle dans sa barbe. « Et voilà que ça recommence… » J'empile sur la toile cirée un peu tachée, des dizaines de paquets d'alèses et autres protections urinaires. Au-dessus, je pose un paquet de couches.

Mon père ajuste ses lunettes avec son index. Il scrute la montagne de protections, m'observe, regarde la montagne, me dévisage, aperçoit ma main sur mon ventre. Il retire ses lunettes. Je souris en opinant de la tête, il rayonne en dodelinant de la sienne, jette ses lunettes en l'air, pose ses mains sur les accoudoirs « Bon sang ! Ça va nous faire un sacré budget couches ! » Une larme s'échappe du coin de son œil. Je ris tandis qu'il fouille dans la poche de son velours côtelé. Il en sort un mouchoir en tissu à la propreté douteuse. À dire vrai, son mouchoir tient tout seul, on dirait un pliage de serviette au restaurant, c'est dégoûtant.

Il considère son mouchoir, attend ma réaction. Je ne dis rien.

Hugo

Béran a parlé à mon père.

Ils peuvent pas se voir, mais ils se sont vus quand même. Et elle a dit qu'il fallait qu'il me lâche un peu la grappe. Que grâce à moi entre autres, elle était encore en vie. Alors il a dit oui pour aller à la fête de Georgette.

Même qu'après j'ai eu la meilleure des surprises que je pouvais imaginer. Béran avait envoyé un message à maman car elle était revenue de son long voyage de travail en Afrique. Quand je l'ai vue, mon corps a eu des frissons tout chaud, j'ai couru dans ses bras et je lui ai fait plein de bisous.

Elle avait vachement bronzé en Afrique.

Elle nous a dit qu'elle était pressée de nous raconter tout ce qu'elle avait fait, tout ce qu'elle avait vu et que c'était incroyable et après elle a demandé si tout s'était bien passé pendant qu'elle était pas là. En fait, elle voulait savoir comment ça allait pour nous dans notre routine du train-train quotidien de la vie. On s'est regardés avec Béran, et on a dit : on te racontera. Je crois qu'on peut dire que ma maman est bien ma maman car elle plane dans la lune, parfois…

Et on a rejoint les anciens au lac, à la fête de Georgette.

C'était très bien décoré, il y avait des ballons et des banderoles de toutes les couleurs pendus dans les arbres.

Rosalie riait aux blagues de Jean-Pierre. Même que je l'ai surprise dans les toilettes, je me suis trompé de porte, elle avait une pince à épiler devant la glace et elle m'a fait les gros yeux et après elle m'a dit que je tombais bien. Je me suis demandé ce que j'avais encore fait. Et en fait, elle m'a demandé de lui arracher un poil au menton. Et tant que j'étais là, elle m'a demandé de lui mettre un petit coup de peigne dans les cheveux. Et ensuite, elle a fait une super grosse faute de français. Elle a dit en touchant ses boucles : faudrait que j'irais au coiffeur, oh, je me connais, ça va me prendre d'un coup ! J'ai dit à Rosalie : on dit *chez* le coiffeur… Faudrait que j'irais *chez* le coiffeur.

Elle m'a dit d'arrêter de faire mon malin. Mais que c'était bien, si ça marchait à l'école et elle m'a demandé comment je me situais dans la moyenne de la classe par rapport aux autres. J'ai dit Rosalie, franchement, en vrai, ça sert à rien de se comparer aux autres.

Et puis elle a appuyé ses mains sur son chemisier pour le repasser et elle est retournée draguer JP.

J'ai beaucoup parlé avec Georgette qui m'a demandé comment allait Ernest, ça m'a fait quelque chose vu que d'habitude elle oublie tout, mais elle a tapoté son petit cahier de souvenirs. Je lui ai dit qu'il était parti, que c'était fini. Et elle m'a dit que ses lutins aussi étaient anéantis. Par contre, en revanche, maintenant, elle vomit des tas de fourmis.

Elle est complètement zinzin du ciboulot Georgette.

Jacques a mis le paquet pour la fête d'anniversaire de Georgette. Béran avait trouvé des sous dans le carnet de Jacques et elle a mis en place tout ce qu'il fallait pour que Jacques soit content même si il est devenu mort et qu'il voit plus tout ça.

Il y avait tout ce qu'il voulait : plein d'animations. Il y en a qui jouaient aux olympiades. Même que quand on a fait les compos, tout le monde voulait Huguette dans son équipe. Parce qu'elle avait fait ses preuves à la pétanque l'autre jour. Du coup, on a fait la courte paille et Huguette était toute fière d'elle-même.

J'ai dit à Huguette de pas hésiter à leur couper leurs grelots à ces satanés bonshommes. Je sais toujours pas ce que ça veut dire mais j'ai pensé qu'elle serait contente que je dise ça. Je me suis pas trompé, Huguette a tellement rigolé qu'elle s'est mise à tousser à cause de sa grosse cigarette marron qu'elle garde toujours dans le coin de sa bouche. Elle a levé son maxi verre de cidre en disant que je pouvais compter sur elle, mais que merde, elle faisait que de railler.

Et ensuite ils ont tous bu un petit coup de vin cuit ou du vin blanc qui était pas blanc mais plutôt jaune couleur pipi du matin, et de l'Orangina pour moi. J'ai bien essayé de prendre un verre de cidre qui est après tout que du jus de pomme qui a un peu fermenté mais Béran l'a tiré de mes mains, elle avait pas l'air contente. Les autres papys ont rigolé parce que je perds pas le Nord.

Les anciens, les anciennes surtout, disaient : pas trop, pas trop, parce qu'avec tous les médicaments que je prends, il m'en faut pas... Bon, juste une goutte alors...

Après, on a écouté Germaine lire des textes de Jacques qu'il écrivait dans un cahier. Son cahier débute par la note d'un psy qui lui a conseillé d'écrire pour extériorichépasquoi les émotions. Comme nos psys à moi, à Béran et à Lulu. Il s'est vraiment, mais alors, vraiment pas foulé Mr Galgo... Jacques avait écrit plein de blagues, des anecdotes et d'autres trucs qui intéressent personne si on veut vraiment être honnête. Quand il était pas encore devenu mort, il mettait tellement de temps à les raconter que les gens en avaient marre et ils voulaient plus l'écouter.

Germaine a fait durer le suspense parce qu'elle a dit que Jacques avait écrit un secret à la fin, alors on a tous écouté. Joseph a ronflé à un moment, mais c'est à cause de sa maladie qui fait qu'il s'endort partout, à tout moment sans qu'il puisse rien faire, c'est pas vraiment de sa faute et du coup on le pardonne.

Et puis à la fin, Jacques a écrit que comme on savait tous qu'il y avait une fin, il fallait pas s'en faire parce qu'on savait pas quand ça allait arriver, et qu'en attendant, il fallait profiter et surtout s'aimer. Tu parles d'un secret, je m'attendais à un truc de fou moi...

Il y en a qui ont applaudi, et il y en a d'autres qui pleuraient.

Il y en a un qu'a serré la main à son voisin et qui a dit : la paix du Christ. Ché pas pourquoi.

Alain a commencé à se mettre à poil, il a dit qu'il adorait être tout nu, et que Jacques a dit qu'il fallait profiter alors il a fait tourner son pantalon en l'air. On voyait plus que sa couche-culotte pour ancien. Béran lui a dit que c'était pas proprié. Et puis elle l'a aidé à remettre son pantalon.

Annick l'a même pas fouetté et a crié : j'adore la console ! Et elle m'a demandé d'aller la chercher.

Rosalie a fait un bisou sur la bouche à JP qu'a failli en perdre son dentier.

Et ensuite ça a dégénéré.

Bérangère

Le lendemain de la fête, les informations régionales ont révélé le tapage nocturne d'une fête non autorisée sur le domaine public de Saint-Pierre-de-Rotouilly-les-Bains. Le journaliste rapporte que la fête non déclarée, qui selon les participants aurait dû regrouper une dizaine d'anciens a finalement compté une centaine d'individus. « La petite sauterie initialement organisée pour la doyenne du village aurait dégénéré après plusieurs bouteilles de Loupiac vidées. »

C'est partiellement vrai. Ils ont vraiment abusé.

Tout a commencé à cause des choix musicaux. Les amateurs de vieilles chansons se sont opposés aux amateurs de variétés actuelles et les amateurs de variétés actuelles aux amateurs de vieilles chansons. Mais les amateurs de vieilles chansons et les amateurs de variétés actuelles étaient d'accord pour s'unir et lutter ensemble contre les amateurs d'accordéon.

« Non Germaine ! Puisque je vous dis que l'accordéon ne constitue pas à lui seul un genre musical ! » disait René. « C'est ma sono, c'est moi qui décide ! » disait JP qui voulait absolument écouter du Johnny même si Joseph préférait du Eddy.

Hugo a crié que c'était à Georgette de décider puisque c'était son anniversaire. « On peut bien lui accorder sa musique préférée avant qu'elle ne rejoigne l'avenue des allongés. » Hugo choqua tous les anciens mais obtint l'unanimité et Georgette demanda une minute en levant son index. La doyenne feuilleta son cahier mémo et lut que ce qu'elle adorait le plus à la radio c'était la musique techno. « Et la transe psychédélique. » ajouta-t-elle.

Personne ne connaissait la techno, personne ne connaissait la transe psychédélique et certains s'offusquèrent.

« C'est t'y de la musique sans paroles ? »

« Bon sang, c'est encore pire que le jazz ! »

JP augmenta le volume de la sono pour satisfaire les trop nombreuses oreilles malentendantes, si bien que de jeunes teufeurs se ramenèrent près du lac, croyant à l'existence d'une rave party à laquelle on ne les avait pas conviés. Les jeunes fêtards déchantèrent en voyant une bande de vieux croûtons valser sur de la techno et s'incrustèrent avec eux. Jusqu'à ce que ce policier qui m'avait arrêtée pour excès de vitesse et prise de rond-point à l'envers, ce même policier qui était intervenu le jour où j'ai feint d'être une tueuse de vieux cons en série, ce même policier qui n'avait pas voulu croire à ma disparition, n'intervienne sur les lieux et me demande, l'air exaspéré « Encore vous ? »

J'ai haussé les épaules et arboré un air narquois.

– Vous commencez à me plaire !

– Si j'ai bien compris la leçon de l'autre coup, ça veut dire que tu lui casses les pieds ? me demanda Alain.

– À ce stade, ce ne sont plus les pieds qu'elle me casse…

– Elle vous agace à combien ? Sur une échelle de 1 à 10 ? demanda Alain en tendant un verre de Loupiac au policier.

Le flic l'avala cul sec et s'essuya la bouche d'un revers de main. « 17 » dit-il, tandis que Jocelyne attrapait sa main libre pour l'entraîner danser sur la piste improvisée.

– Rah ! Mais lâchez-moi enfin Madame… Oh ! Ça vous dérangerait de venir m'aider ?

– Vous avez entendu quelque chose Alain ? ai-je demandé.

– Comment ? cria Alain en tirant sur son oreille.

– Oui, c'est bien ce qui me semblait… Ce doit être dans ma tête.

Alain mit ses deux mains en pavillon derrière les oreilles.

– Qu'est-ce que vous dites ? Vous voulez danser avec moi ? C'est ça que vous voulez ?

– Si votre dame n'est pas dans le coin et que vous n'en profitez pas pour me tripoter, volontiers ! ai-je crié dans le pavillon.

Alain balança sa main pour signifier qu'il n'en ferait rien et nous avons dansé aux côtés de Jocelyne et du policier prisonnier.

– Jocelyne, n'oublie pas ce que je t'ai appris sur le consentement ! cria Hugo les mains jointes en haut-parleur.

– Le petit a raison ! dit le policier dont on ne distinguait plus la tête perdue dans la poitrine de Jocelyne.

– Oh, le contentement maintenant… Ils nous inventent de ces triques aujourd'hui, faut voir ! dit-elle en levant son bras pour faire tourner son partenaire. « Allez petit pont, petit pont, petit pa-ta-pont ! » Le policier blasé a dû passer dessous. Quant à moi, j'ai bien cru que j'allais me pisser dessus.

Et, alors qu'Alain me faisait tourner à son rythme, j'ai aperçu Marie-Christine au loin, ses paumes sur les tempes. Elle tournait sur elle-même et dodelinait en hurlant « Je vous ai demandé d'arrêter de copiner avec les personnes aidées Bérangère ! Je vous ai dit d'arrêter de copiner ! »

Alain lâcha ma main.

« Vous permettez ? » Et il se dirigea vers Marie-Christine.

— Bérangère, je veux vous voir dans mon bureau, lundi, 8 heures, dit Marie-Christine en me fusillant du regard.

— Babababba… Ne dites pas de bêtises Marie-Christine… Dansons ! Allez dansons ! murmura Alain à l'oreille de ma cheffe en lui prenant la main.

Une fois la chanson terminée, le policier nous a demandé de dégager.

« Vous avez l'air tendu… » dit Lucien en lui tendant un nouveau verre « Avez-vous pensé à écrire ? »

Le policier fronça les sourcils.

J'ai ajouté que ça lui permettrait d'extérioriser un peu.

Et Hugo de continuer en expirant bruyamment « Ça vous permettrait de lâcher… »

Pour une fois, Lucien n'a pas grommelé.

Au grand dam de Hugo qui adorait s'en moquer.